庫

秀吉はいつ知ったか

山田風太郎

筑摩書房

秀吉はいつ知ったか＊目次

I 美しい町を

II

III 歴史上の人気者

Ⅳ　今昔はたご探訪

秀吉はいつ知ったか

I

美しい町を

春の窓

僕の住んでいる練馬区の大泉は、ちょっと足をのばせば埼玉県で、三年前に来たころは、野末の雑木林に白雲がながれる武蔵野であったのに、いまは見わたすかぎり屋根の波だ。地価もそのころの四、五倍から七、八倍になっているらしい。

二階の窓からその屋根屋根を見わたしながら、ぼんやりいろいろなことを考える。座敷では、こつこつと老指し物師が飾り棚をつくっている。

いまごろこんなところに家を建てる人は決して金持ちであるはずはないが、土地は三年間のあいだに右のとおりはねあがっている。いつの世でも、何でもそうだが、世の中は貧乏な人ほど損をするしくみにできている。連夜赤坂で美妓を擁し、熱海に別荘をつくるおひとが、おそらく実収入の何分の一かを申告して、それですんでいるのと好対照だ。そういうおひとは、この土地の暴騰をどう考えているのかな。自由放任もいいけれど、妙なところで制限取り締まりは辞さないではないか。土地にかぎっていえば、建蔽率《けんぺいりつ》の問題がある。このあたりは三割地区だ。五十坪（百六十五平方メートル）の土地を買っても十五坪（四十九平方メートル）しか家が建てられない。防火、風致の意味もわかるのだが、土地の暴騰を放任して、それぱかりをうんぬんしてもどうにもならんではないか。五十坪の土地を買って、そこに家を作るには、こんなところでも最低二百万円くらいはかかるだろう。それができるには、ふつうのサラリーマンなら相当の年輩——したがって、子供たちの年齢も相当なものになっているはずだ。そこに十五坪の家をつくってもしようがないではないか。

相当の年輩といえば、うしろで働いている指し物師は完全な爺さんである。黙々とうごいている禿あたまに、春の日がひかっている。いったい、この爺さんはどういう心境で働いているのかな。自分のことを考えてもわかるが、若いときには仕事以外にいろいろとなまぐさい目的がある。仕事が目的だか、その目的のために仕事をしているのかわからないことが多い。しかしこの年になって、こつこつとけずり、きざみ、ただ丹念に丹念にと仕事をしている老人の精神状態をかんがえると、恐ろしいような、明るいような気がする。——存外、晩酌のことしか頭にないのかもしれないが。

「ね、こうして見ると、わりにいい家もあるし、ずいぶんひどい家もあるが」

と、僕は平生の疑問を口にした。

「大工さんなど、坪四万でたてろといわれても、坪十万でつくれといわれても、自由自在なものですか」

爺さんはぼそぼそとこたえた。

「そうだね、大工でも指し物師でも、いつもあんまり安物ばかりつくっていると、さあ予算をたっぷりもらっていいものを作れといわれても、ふしぎに安物しか出来なくなるね」

いままでひどく俗なことを考えていた僕は、ちょいとどきりとした。

「だから、少し心掛けのいい職人は、あまり安物をひきうけませんや」

このせりふを書物などで読んだらおどろかないし、友人などからいわれると大いに反論もある僕だが、この木の瘤みたいな老職人の口からきくと、沈黙せざるを得なかった。

「いつもいいものばかり作ってると、こんどはえらくきりつめた予算でやれといわれても、どうしても足を出してもいいもの作っちまうね」

そして、爺さんはまた黙々と手をうごかしはじめた。

無題

三多摩といっても広いので色々なところがあろうが、私の住んでいる多摩《たま》丘陵《きゅうりょう》の桜ヶ丘は実にいいところである。

東、南、西は谷や山にかこまれ、西南の方には遠く秩父連山がつらなり、その向うの富士山の肩に、毎日真っ赤な太陽が沈んでゆく。

空は大きく蒼く、丘の上なのでスモッグなどは煙草の煙ほどもない。夜になると、北の平野に日野の町の灯が宝石をちりばめたように見おろされる。風呂から出て一杯やっていると、山の中のちょっとした温泉に来たような気持になる。

三多摩のどこもがこうあって欲しいし、また数十年後にはみんなこうなるだろう。いやそれ以上に、広い舗装路と亭々たる並木と、牧歌的平野の中に整然と作られた、ドッシリとしてしゃれた住宅と、公園、レジャー用施設だけという景観になるだろう。

もっとも、そうなるまでに私は死ぬ。私はじぶんの往生する場所はここだと、それだけは見つけたつもりでいる。

退屈散歩

どんなスポーツにしても——例えばゴルフや釣のような老人向けのレジャーにしても——一応の訓練と知識が要るが、散歩ばかりにはそれが要らない。ブショー者には唯一無二の運動である。

で、僕も散歩する。——とくに、いま住んでいるのは多摩丘陵の山上で、山の麓まで上り下りすると、冬でも適当に汗ばむほどであるし、多摩川を見下す眺めは絶景である。しかし先日山道を往来して計って見たら、三千五百歩ばかりであった。万歩にはだいぶん足りないようだ。

その三千五百歩の散歩も、ともすれば忘れがちになる。ブショー者のくせにひどく気ぜわしいところもあって、見馴れた風景は刺戟にならないし、ただ健康以外無目的な散歩というやつが、何だかオックーなのである。歩きながら、葛西善蔵の短篇「蠢く者」の中の「だが、散歩ということも、日課とするべく何という臆劫《おっくう》な、面白味のない退屈な仕事だろう。同じ退屈するなら、壁に向って煙草の煙でも吐いていた方が、まだしもましじゃないか知ら?」という言葉が苦笑とともに聞えて来る。

春さきだとトランジスターをふところに入れて、デーゲームの野球など聞いてると退屈しないのだが、何かうまい工夫はないものですかね。それとも散歩というものは、誠心誠意、ただひたすら歩きに歩かないといかんものでしょうか?

新地名について

下谷浅草が消えて台東区なんて台湾の一省みたいな区名になって久しいですが、その後も沓掛が何とか軽井沢になったり、特にこのごろはあっちこっちに「ひばりケ丘」団地が出来たり、地名というものは個人名とはちがって万人のものなのに、小役人や観光業者や土建屋の思いつきで名づけられるのは、僭越でもあり、迷惑でもあります。といって、同じ理由で、例え土地の人に愛着があっても、第三者の常識では普通読めない地名も困る。改名の必要もあることもあるでしょう。

そこで新地名をつけるときは、その土地の歴史、語感などを斟酌《しんしゃく》する能力のある文芸家協会の専門委員に必ず諮問《しもん》する、ということにはならないものですかな。そしてむろん、その命名料をもらって協会の財源にするのです。財源もさることながら、このごろの新地名の無神経には我慢なりかねると思っていられる方が多いでしょうから、手弁当でも智慧を出して下さる方はきっとあるでしょう。この名案はいかが。

いつものコース

私の住んでいる聖蹟桜ヶ丘は多摩丘陵の丘の上の町で、坂道が多く、それがゴバンの目状になっている。ときどきそこを、犬を連れて散歩し、そのコースも自然と一定しているのだが、あるとき考えてみたら、どうも、なるべく坂道を上ることをまぬがれるコースを選んでいることに気がついた。長生きしたい人は坂道のある町に住め、といわれているくらいで、もともと健康のための散歩なのに、人間とは横着なものだ、と苦笑した。

その散歩のコースが、この夏になって変った。春や秋でさえ御免こうむっていた——もっと大規模な坂道を——つまり丘そのものから麓に下りる道を上下しはじめたのである。

暑いのに大変だろうと思われるかも知れないが、なんとそれが午前四時ごろ、ときにはまだ真っ暗な三時ごろの散歩なのである。

ふと思いついてやりはじめたら、涼しいし、むろん車はおろか人の影もないし、快適この上もない。町の大通りを歩いて丘のはずれに立つと、蒼茫たる暁闇の中に、遠く数十キロのかなたに、新宿高層ビル群を望むことが出来る。そこから、いろは坂と称しているウネウネ坂を下って、山麓の河のほとりに沿って堤防を歩く。まだ水田が残っているところがあり、蛙が大合唱している。眼をつぶって立ちどまり、しばらく少年時の郷愁にひたっていることがある。そして遠い橋から、こんどは反対の堤防を歩いて、またいろは坂を上って来る。大体、四キロはあるようだ。

午前三時の散歩者とは、日本じゅうにオレ一人だろう、と、歩いていて笑い出したことがある。大きな犬を連れているから、泥棒とまちがえられる心配はないだろう。

わが町

私の住んでいる桜ヶ丘の町は、多摩丘陵の一つにある。

今出来のひばりが丘だの富士見が丘だのという地名ではなく、明治初年、明治天皇が何度か兎狩りに来られたことがあるそうで、少なくともそのころからの名で、麓の駅の名も聖蹟桜ヶ丘という。しかし明治天皇の行幸されたのは何もここだけじゃないだろうに、ここだけ聖蹟の名がつくのはおかしいようにも思う。今では、私が住んでいるせいじゃあるまいかと思う。

町から四方を見わたすと、東にその天皇行幸を記念する聖蹟記念館や桜ヶ丘カントリーなどが見える丘、南に多摩ニュータウンが林立する丘、西に遠く富士山、北に多摩川なども見えるが、私の町そのものは独立した丘陵の上にあって、周囲は約四キロくらいなものだろう。

まんなかにロータリーをかこんで、二つの小公園と集会所、交番と郵便局、それから肉屋、魚屋、八百屋、米屋、パン菓子屋、酒屋、そば屋、薬屋、理髪店、美容院、洗濯屋がならぶ小さな商店街があって、何だか生活のためにはこれだけで充分間に合い、これ以外の店はいらないような気がする。あとはゴバンの目のような街路と、閑静な住宅だけの町だ。会社も工場も、一軒もない。

まだ子供が幼かったころ、ここからそう遠くない多摩動物公園に二、三度連れて来たことがあって、そのときこのあたりを通過したなじみで、それに通勤のことを心配しなくてもいい自分の職業から、十五年ばかり前この丘の上の町に来たのだが、特急電車で新宿まで三十分だから、いまでは通勤にもそう遠いとはいえない土地になってしまった。

駅は京王線聖蹟桜ヶ丘駅で、車なら三、四分だが、歩けば途中わが家でいろは坂と呼んでいる坂路があって、二十分以上はかかる。ある雨の夜、駅に帰って来たが、タクシーが混んでいて、家から家内に車で迎えに来させようと思ったのだが、自宅の電話番号を知らなくて、はたと立往生したことがある。

晴れた冬の夕暮など、私の書斎の窓から、赤、紫、まるで浮世絵のような色の凄絶な夕映えの中に、富士山の影がクッキリ見える。日が暮れると、南隣の丘の上に、高層の多摩ニュータウンの灯が無数のほたるかごのように見える。

何よりありがたいのは、丘の上にあるために、この町に用事のある車以外の車は通らないことで、いまどき車に気を使わないで散歩出来る町など、めったにないだろう。で、よく放心状態で散歩しているのだが、それでも各家々の庭の花が四季に咲いて、天然自然に眼をたのしませてくれる。

長生きをしたかったら坂のある町に住めといわれるが、適当にゆるやかな坂道があって、これも健康には好都合だと思う。家々の敷地は、最小のものでも三三〇平方メートルはあると思われ、好きな言葉ではないが、まあ一応の高級住宅街といってもいいと思うが、そのくせ私の家から歩いて、四、五分の谷間に下りると、まだ農家で頑張っている家があって、小面積ながら、春には畑にれんげ、菜の花が咲き、夏には水田の隅にあやめがそよぎ、蛙が鳴き、秋には白すすきがなびき、稲穂が干してある風景が残っていて、田舎生まれの私の郷愁をなぐさめてくれる。

三年ほど前、ふと夏の夜明け方、犬を連れて散歩に出かけたら快適きわまりなく、それがやみつきになって、毎日まだ暗い四時ごろに散歩に出るようになった。坂道のはしに立つと、すぐ北の麓に町の灯が宝石のようにちらばり、遠く——三十キロ以上はあるだろう——東の暁闇に、新宿副都心の高層ビル群が小さな影絵のように浮かんでいるのが見える。

この時刻に歩きまわっても、大きな犬を連れているので、まさか泥棒と疑われることもあるまいと思うが、しかしとにかく暗いうちに出てゆくので、娘が気になるとみえて、いちど私が面白半分にあちこちの家のブザーを押してまわって、とうとうお巡りさんにつかまった、という悪夢を見たそうである。そのうち、いっぺんやって見ようか、と思う。

壁泉《へきせん》のほとりで

去年、壁泉というものを庭に作った。

御存知だろうか、煉瓦などの壁から水が落ちて来るしかけのあれである。樹間から、それがチラチラ見えるのは悪くないだろう——と思いたって作ったのだが、出来上って見たら、少なからず期待に反した感じだが、それでもその下に陶の卓や椅子をおくと、やはりそこに坐って水の音を聴きながら煙草をくゆらせていることが多い。

このごろ、無為でいることにちっとも退屈を感じないようになった。

先日もそうしていて——ふと、どうしてこんなものを作る気になったのか、そのきっかけを思い出した。

きっかけは、おととしの秋の嵐だった。正確にいうと、昭和五十四年十月七日の台風だ。

あれで、庭の南側に十本ばかりならんでいたヒマラヤ杉がみな傾いた。高さは大屋根くらいまであり、根もとはひとかかえもある大木になっていたのだが、植木屋に訊《き》くと、ヒマラヤ杉の根は案外浅いのだそうだ。

で、植木屋を呼んで立て直してもらったのだが、ワイヤやウインチなど使って、その費用が七十七万円かかった、とあとで家人に聞いて、眼をパチクリさせた。——さて立て直してもらったものの、考えてみるとあの程度の嵐は来年もまた来るかも知れない。あと何度もそれだけの費用をかけていちいち立て直してもらったのじゃ大変だ、と怖れをなした。

そこで、ぜんぶ、半分の高さに切ってもらった。ヒマラヤ杉は上にゆくに従って急速に細くなるので、よじ上るわけにもゆかず、これもなかなかの大作業であった。

ところが、切ってもらってさて眺めわたすと、半分になったヒマラヤ杉は何ともぶざま至極な景観である。

これはいかん、と首をかしげるとともに、それ以前からそのヒマラヤ杉の行列のために庭が暗くなっていたことを思い出し、いっそこれを機会にぜんぶとり払って、新しく明るい庭に模様変えしよう、と発心した。

ぜんぶとり払う、といっても、やはり根から掘りあげなければあといろいろさしつかえるそうで、これがまたワイヤとウインチの力をかりなければならず、しかもそのあとの大木の残骸は長いままではどこの焼却場もひきとってくれない。ことごとく短く切断しなければならないということで、あれこれ合計すると笑いごとではない物入りとなった。結局、立て直したり、半分に切ったりした二重の手間は、まったく無用だったということになる。

しかし、やりかけたことはもうしかたがない。こうなると、泥沼である。

私は憮然《ぶぜん》としてつぶやいた。「結婚は安くあげられても、離婚となると大事《おおごと》になるのとおんなじだ」

それはそれとして、十五年ばかり前、庭に樹を入れるとき、元来私は松に石燈籠などいう庭が大きらいなので、わざと数十種の雑木を植えてもらったのだが、年のせいか、それもわずらわしくなっていて、この際、むしろ一種類の樹だけにしたら、かえってせいせいするだろう、と思いついた。

その樹を何にするか。

それは花水木《はなみずき》だ、と私はためらいなく手を打った。ただし、一種類といっても、花は——花水木の場合、正確には花ではなく葉だそうだが——赤と白のやつを混ぜて植える。

そのとき、ついでに壁泉を作ってもらおう、花水木のかげに流れる壁泉とはいかにもハイカラで風雅ではないか、という着想がふっと浮かんだのである。

それに決めた。

そして、こういうものはとにかくセンスが必要だから、ありきたりの造園業者では無理だろう、と思い、ある私鉄大手の名のついた造園会社の人に来てもらった。

御予算はと訊かれても、こちらにはまるで見当もつかない。怖る怖るいいかげんな金額をいった。それでも〇百万円という額である。やがて向うは設計書と見積書を持って来たが、こちらは一メートルくらいの高さのものでいい、といったのに、二メートル半くらいの設計で、しかも見積りは倍以上の額になっている。私は立腹したが、とにかく最初こちらが言い出した額に根拠がないのだから、結局両者の中間の予算になった。また向うは、花水木ばかりというのもシンプル過ぎるから、少し沙羅の木を混ぜられたらどうです、という。沙羅の木とはどんな樹だ、と訊くと、夏白い花が咲くエレガントな樹です、という。白い花というのは、いちめんむらがり咲くのならいいけれど、ところどころじゃ、白い紙っきれみたいでいやだ、といったが、ただその名にひかれて、それじゃあ少しなら、とこれも軟化して承知した。

すべては、あの嵐がもとであったのだ。

そこで、あの嵐がもとで、樹が傾いたどころじゃない、死んでしまった人がある、と気がついた。大平首相である。

大平さんは、直接には去年の六月の総選挙の開幕日に心筋梗塞《こうそく》を発して急死したのだが、その心臓を痛めつけたのは、前回のおととし十月の総選挙の大敗によるショックと、それによる自民党内の泥沼的政争の疲労と、その果てのハプニング選挙に対する必死の思い入れの昂奮だったと思う。起因は前年の敗北にあったのだ。

彼にとって大意外の敗北の原因は、一言でいえば、あの嵐だ。ちょうど投票日に、それこそその日を狙って「疾風のごとく」襲って来た台風のせいで史上最低の投票率となったためだ。自民党の投票者は、文字通り雨がふっても風が吹いても投票にゆく共産党や公明党とちがって、甚だ怠慢なのである。

あの嵐が大平正芳を殺したのである。

それで、天象《てんしょう》が歴史を変えた例があるだろうか、と考える。

まず例の蒙古襲来で吹いた「神風」がそうである。文永十一年十月二十日の嵐に第一回の元寇《げんこう》は打ち砕かれ、弘安四年閏《うるう》七月一日の嵐に第二回の元寇は覆滅したのである。

ある。特に前者の場合など、いまの暦でいえば十一月二十七日にあたり、その季節に台風が来るなど気象学上信じられない、という説もあるくらいだが、しかし事実として海上の蒙古の軍船はことごとく消滅したのである。まさに神風だ。これが吹かなかったら、日本の運命は変っていたろう。北条幕府など消し飛んで、ひいてはのちの南北朝時代など出現しなかった、ということになる。

次に思い浮かぶのは桶狭間の役だ。永禄三年五月十九日、田楽狭間で緒戦大勝の祝宴を張っていた今川勢は、突如襲った真昼の大雷雨のため、それにまぎれて急速に接近突入して来た決死の信長勢のために潰滅《かいめつ》させられたのだが、もしこのとき空が晴れていたらどうなったろう。五月十九日はいまの暦で六月二十二日に当る。梅雨《つゆ》どきの雷雨はかえって珍しいのではあるまいか。それはともかくここで信長が飛んで火に入る夏の虫となっていたら、のちに秀吉の登場もあり得なかったのである。

近代戦では、さすがにいっときの天変で戦局が左右されるなどということは稀だが、それでも日露戦争のとき――これは嵐ではないが、あの明治三十七年から三十八年にかけての冬の満州は、六十年ぶりという異常暖冬だったのである。三十八年一月五日の例の水師営《すいしえい》の会見の写真で、乃木将軍以下日本軍幕僚はだれも外套を着ていない。これがふつうの満州の冬であったら、防寒具そなわり極寒に強いロシア軍の前に、それでなくても力の限界に達していた日本軍は手も足も出なくなっていたということは充分考えられる。

太平洋戦争では、神風特別攻撃隊は出現したけれど、ついに神風は吹かず、かえってその神風特攻さえ、気象が不良だと出撃出来ないという脆弱性をさらけ出すくらいの影響しかなかったが。――

さて、むろん嵐に遠因する大平正芳の死は、右の例のごとく直接的かつ劇的な影響などないが、しかし彼の死による同情票でその六月の選挙で大逆転を呼び、その結果絶対多数をカサに着た自民党の「右旋回」の諸施策が次々に打ち出されたとなると、これもあるいは「歴史を変えた」嵐の一つの例になるかも知れない。「若しも」は歴史を考える上でのナンセンスだ。ある出来事の結果は、人事の因果が無数に相重なった上でのことだから、一つの「若しも」が無意味になるからだが、ただお天気ばかりはまったく人事の外にあるから、どうしても「若しも」の欲望を禁じ得なくなる。

とにかくこういう次第で壁泉が出来た。出来上ったら、造園会社のほうは、結局何だかんだといって、向うが最初に出した見積書だけの額を召しあげていった。――それにしても、むろんこれはわが家の運命を変えるほどの出来事ではない。

しかし、出来上った壁泉を見ると、まるで網走監獄の壁の一部のようである。センスもへちまもない。今にして思うと、そんなものの注文者はあまりあるまいから、向うとしてもはじめての経験ではなかったろうかと思われる。

おまけに、こちらはそもそも花水木の庭を夢みていたのに、植えていったのは沙羅の木が大部分である。こちらが金を出して、そばで見張っている工事ですら、ピンからキリまで不本意千万なものになってしまった。

夏になって、なるほど白い花が点々と咲いた。咲いたかと思うと、片っぱしからポタポタと落ちてしまう花だ。

「……白き花はたと落ちたり
ありとしも青葉がくれに
見えざりしさらの木の花」

鷗外にそんな詩があるが、なるほどよく落ちる。地上に落ちたまった沙羅の花を眺めながら、壁泉の下の椅子に坐って、以上のような物想いにふけった日があった。

美しい町を

このごろやっと「美しい町を作ろう」という声が聞こえはじめたようだ。大変結構なことだと思う。

私は銀座を見てもちっとも感心しない。「これが銀座か」と、むしろ憮然《ぶぜん》たるものを感じる。

美しい町を作るといってもいろいろなやりかたがあるだろうが、その最大の要因は統一美だと私は考える。集団美は統一美である。町は家の集団だからである。ヨーロッパの町が美しいのは主としてそのためだ。また京都などがそれなりに美しいのはそのためだ。

そこで、これから建てる家は、その形なり色彩なりに一定の条件を定め、それ以外の外観のものは特別税を払わせるようにしたらどうだろう。

といって、全部ただ一種類というのではない。ビルはビル、住宅は住宅、それぞれ五種類くらいのものをデザインし、そのどれが組み合わさっても統一美が出るようにする。

ただし、いまヨーロッパの町と京都をあげたが、これからさき日本中が京都風の町になるわけにはゆかない。といってヨーロッパ風の町を作っても、日本人の顔や体形とはマッチしない。そこでまったく新しいデザインが必要となるが、日本の建築界の最高の人々に考えてもらうか、広く募集するか、これくらいのことが出来ないはずはない。

日本の山を移す話

　また日本海側豪雪、太平洋側カラカラ天気の季節がやって来た。

　それについて、ずっと以前考えたことがあるが、このごろ東京湾に大人工島を作るとか何とか、いろいろ国土の大改造計画が云々されるのを耳にして、また思い出した。

　それは、右のような天気の明暗をもたらす元凶たる、日本を縦断する大山脈を――一部を除いて、みんなとっぱらってしまったらどうか、ということだ。

　これをとり崩して平野とし、その土と岩で海を埋めて新しい土地を作る。

　とり崩すといっても、水源用と発電のため、最高でも海抜百メートルくらいの高さにするとか、琵琶湖くらいの湖をいくつも作るとか、改めて大森林地帯を造成するとか、いろいろ考慮すべきことはあるが、とにかく今まで山岳であった区域が平野となり、別に新しい土地が出来るのだから、日本の国土は少くとも二倍にはなる。

日本の七、八割は山岳地帯だという。しかも、何の資源もないというけれど、土の大塊たる山という大資源が存在するのである。

これを文字通り、百年計画でやる。物理的に不可能な工事ではないし、日本人は何か国家的目標を与えてやれば一億火の玉となる国民だし、むろん外国企業にも大々的に参加を求めれば、経済摩擦も雲散霧消するだろう。東京湾の人工島など、小せえ、小せえ。

そもそも新首都なんか、この地帯に建設すればいいのである。

ところで、これをやると、気候はどうなるか。

大屛風《びょうぶ》がなくなるのだから、日本海側は豪雪がなくなり、暖かくなるだろう。その代り太平洋側には雪がふり、いささか寒くはなるだろう、と思う。が、豪雪がそっくり太平洋側に移るなんてことにはなるまい。また、寒くなるといっても知れたものだ。よくわからないが、差引きすれば全体として、よくなりこそすれ、悪くはならないだろう。

ところで、山岳地帯を、一部を除いてとり崩すといったが、その一部というのは富士山と日本アルプスなのである。これだけは何とか残したい。

富士山はともかく日本アルプスが残ると、北陸地帯は変らんではないか、といわれるかも知れないが、しかしやはり温暖化の影響は受けると思う。また右に述べた土地造成の第一候補にすれば、いままでの山が海に迫っているという状態が解消されるし、それにたとえ雪が残っても、日本唯一のスキー可能地帯となるのも、それはそれでまたよいではないか、と思う。

以上の大怪夢が大快夢となる日の一日も早からんことを。

散歩中

私は多摩の丘の上の町に住んでいる。その町の碁盤《ごばん》の目状の路《みち》を散歩する。丘の上の町だから、ただ通過するだけの車は通らないので、まあ閑散で散歩するには好都合である。

いつか家内と知り合いの奥さんが、「散歩中の旦那さまとお逢いしておじぎしたのですけれど、考え事をなすっていらしたようで、知らない顔で行ってしまいになりましたの」と家内に話したということを聞いて、私は恐縮したけれど、なに、考え事なんかしていやしない。放心状態で歩いていただけだ。

それでも、ときどき路上の珍事に出逢う。

ある春のおひる過ぎであった。

散歩中、ある辻で、十歳くらいの可愛らしい女の子が、花束をかかえて途方にくれたような顔でぽつねんと立っていた。そして私を見ると、思い余ったように、「あの、××というおうち、知らないですか？　学校のお友達なの。お誕生日なので花持って来たんだけど、おうちがわからないの」と、言った。

私は××という家を知らなかった。番地もおぼえがないという。それで、その女の子を連れて三十分余りも一帯を歩きまわって、やっと探しあてた。

「ここだ、よかったね。それじゃサヨナラ」と別れて、十歩ばかり行って振り返ると、その家の前で、女の子はおかっぱの頭を下げてこちらにおじぎしていた。

しかし、あとになって考えると、だれかに見られて、よくユーカイ犯にまちがえられなかったものだ、と苦笑《にがわら》いした。

ある夏の夕方であった。

一軒の家の門の前で、エプロンを付けた若い奥さんが、ホウキで路を掃《は》いていたが、ふとこちらを見て、「あらァ！　あなた、お帰んなさーい！」と、はなやかな声を上げて駆け寄って来た。

むろん相手が私であるわけがない。私は振り向いた。すると十メートルばかりうしろから、手提げカバンをぶら下げた若いサラリーマン風の人が歩いて来るのが見えた。新婚の旦那さんだろう、と思ったとたん、その奥さんが「あらァ、まちがえちゃった！」と奇声を発し、ホウキを放り出して、門のところへ逃げ戻った。

そして、「まちがえちゃったわ！　どうしましょ、どうしましょ」と、両手で顔をおおい、はては身体を二つに折って身もだえした。

この独演をよそに、その若い男性はニコリともせず、むしろ陰気な顔で黒いカバンをぶらさげて前を歩いて行った。……まだ門の扉に抱きついて絶叫している奥さんを横目で見て私も黙々と通り過ぎた。

ある秋の午後であった。

私はそのときアフガンハウンドという大きな犬を連れて歩いていたが、ふと前方をゆく女性のうしろ姿に眼を吸われた。パーマの髪をフサフサと背にゆらし、真紅《しんく》のカーディガンにズボン姿だが、じつにいいプロポーションをしている。私は急にその顔を見たくなった。

そこで、犬をひいたまま駆け出した。アフガンはよろこんで私の前に出て走る。その女性を追い抜くや否《いな》や、私は首をうしろにねじむけた。……とたんに私は物凄《ものすご》い勢いでころんだ。

私が振り向いた瞬間、革ひもに微妙な変化が生じたと見えて、前を走るアフガンが立ちどまったらしい。それにもろにつまずいて、私は犬と重なって四つん這《ば》いになったのである。

あとで知ったが、私の両手も両ひざも相当なスリ傷が付いていた。こんな猛烈なころび方は、小学生このかたやったことがない。……さりげなく立ち上がろうとしたが、眼鏡《めがね》もどこかへ吹っ飛んでいて、さりげなく立ち去ることも出来ない始末である。そのとき通りかかった幼稚園児の集団が、ふしぎな顔で見まもる中を、私は眼鏡を探して路上を這いまわった。

それでも、眼鏡のない目でちらりと見たところによると、例の背中美人は、南瓜《かぼちゃ》のような顔をした若い男性であった。

僕の土地論議

「我事において後悔せず」というような哲学は持たないけれど、私は自分の人生をふり返って、ああ、あのときこうすればよかった、ああすればよかった、と悔いるような記憶があまりない。たいした人生でもないけれど、すべて水の低きにつくがごとく現在に立ち至ったと思っている。

そうではあるけれど、やはり今になって、あれは惜しいことをした、と、ちょっと残念に思うのは、通俗な話だが、土地と家のことである。

昭和三十年代のはじめから、私は練馬の西大泉に、八十坪の土地と四十数坪の家を持っていた。――

その土地を買ったとき、全部でたしか四十万円くらいだったと思う。調べてみると、そのころの大学出初任給が一万円足らずの時代であったが、当時私にはそれを二カ月分で買えるだけの収入があった。ところが、その四十万円がない。私も三十歳を越えたばかりで、かたっぱしから飲み捨てていたからだ。もう一つ、漱石先生だって、一生借屋住まいだった。作家ともあろう者が、土地や家を買うなんて気恥かしい、という感心な心理もあった。

が、そのうちある出版社の人から土地を世話され、おまけにその金まで出版社から借りるようにとりはからってもらったのだが、いま、あのあたりいくらしますか、とにかく練馬に八十坪の土地を買う金を貸してくれる出版社がいまごろあるでしょうか。一坪分だって怪しいものだ。思い出すと、こんなことでもうたた今昔の感なきを得ない。

その家を、昭和四十年ごろ売り払っていまの多摩市桜ヶ丘に引っ越したのだが、残念というのは、その新しい土地と家に移るのに、古い土地や家を売り払う必要はまったくなかったのに、かんたんにそうしてしまったことだ。

どうも人間の欲張りには際限のないもので、あれをそのまま手もとにおいていたら、おそらく老後の心配なんてものはまずなかったろう、と、ときどき思うことがあるのである。

別に深いおもんぱかりもなく、ただ「新しい家に移るのに、古い家を処分するのはあたりまえじゃないか」と考えてそうしただけだが、しかし、それが当時の常識であった。

いまでも常識のはずである。

その常識を悔いさせるのは、いまの非常識、という形容がばかげている土地の値上りぶりである。昔、「西部戦線異状なし」という翻訳小説をもじって「全部精神異常あり」という喜劇映画があったが、まったく日本人全部が土地についてては精神異常になったとしか思えない。

今から思うと、たとえ貨幣価値のちがいはあるにしても笑い話のような値段で、古い土地を売り新しい土地を買ったのだが、しかし再考すればそのころから土地は高かった。やはり異常に高かった。ただ私は、土地の高値はそのうちおさまるだろうとばかり思っていた。それは政治によって解決できるはずと信じていた。

それはともかく、こういうわけで私自身は、きわめて経済には無頓着なのに、ふしぎなめぐりあわせで、土地と家とに困った経験はないのだが、それでも右のような強欲な後悔をいだくくらい、地価の上昇は人を狂わせるものがある。

そこで、いまの狂乱的事態をどうしたらいいか、ひとごとならず私も頭をひねることがある。

事態がここまで来れば、やはりある程度の荒療治はやむを得ないと思う。最近知ったことだが、いったん土地の所有者になると、その地下にも上空にも権利があるそうだ。そこで、東京のあるところでは、地下鉄のトンネルがある程度出来上っているのに、どこかでひっかかって完成出来ないところがあるという。ばかに寛大な法律もあるものだと首をひねるが、それはともかく権利があるなら義務もあるだろう。

そこで考える。東京の都心部はいま高層のビルだらけに見えて、あれで裏通りにまわるとけっこう二階建ての家があると思うが、とにかくすべての建物に、空間占有税として例えば、五階とか言った、一定の高さの固定資産税をかけたらどうであろうか。するると、みな少なくとも同階の高さの建物とするだろう。

最初は、千代田、中央、港三区と、副都心たる新宿区だけにこれを行う。そうしてごらんなさい。これらの区域はガラガラの空地だらけになってしまう。ギューギュー詰めの一角をうまく整理したら、あとの操作はラクになる。その周辺区の住民をらくらく吸収できるから、至るところ公園や広場も生み出すことが出来る。地価などいっぺんに下がってしまう。

これにはむろん厖大《ぼうだい》な資金と精密な計画を要する。特に町全体の美観という、これまでの東京には欠落していた感覚を重要条件として考慮にいれなければならない。が、これで世界に恥かしくない新しい首都が創造できると思えば何でもない。

決死の覚悟でとりかかれば、決して不可能なことではない。ましてや、これは破壊の愚行ではなく永遠にあとに残る建設なのだから、多少の苦労はあってもやりがいのある壮挙ではないか。

いま日本から、他国に非常に多額の金が流れている。それがただの金持国の義務ではない、国益につながる政策だということも充分承知はしているけれど、とにかく国民が外国から笑われるようなウサギ小屋に住んで、よそへ経済援助もないものだ。まずウサギ小屋をなくすほうが先決ではないか、と私などは思う。

そして、その大改造の計画、また工事自体も、その半分は大胆不敵に外国にまかせたら如何《いかん》。そうすれば経済摩擦、文化摩擦など一挙に解決する。これぞ土地問題のみならず、その他もろもろの日本のいまの難儀を一切合切消滅させる療法であると私は信じる。

夜明け前の散歩

私の町は多摩丘陵の上にある。毎日、その格子状に作られた道を散歩するのを日課としている。それも夜明け前に出かけるので、放心状態で歩いても車の危険はない。季節毎《ごと》の花を塀や石垣からこぼれさせた閑静な屋敷町で、この散歩が二十余年つづいているから、まあ快適な道なのだろう。

この年月同じ道を歩いているのに、その中の一軒がとり壊されて新しい家が建つと、消えたのがどんな家であったのかまるで思い出せない。死んだ人間と同じだ。すぐ忘れてしまうのであまり町が変った印象がない。変らない町をゆく私自身が実はいちばん変ったかも知れない、と苦笑する。

とにかくなんのへんてつもない散歩だが、二十年以上も同じ道を歩いていると、何度かふと笑いを誘われたり、めんくらったり、首をひねったりするような目に逢う。

先日もふしぎな光景を見た。

ある辻をまわったとたん、夜明け前の薄明に一人の中年の人が、ハンマー投げのように身体を猛烈に回転させ、一メートルほどの鎖で空中に一匹の犬をふりまわしているのを見た。そして回転しながら、しきりにあごで地上をさした。

私がふり返ると、それまで見えなかった路上に、忽然《こつぜん》と中年の婦人が出現していて、這うように犬の糞を拾っている光景が見えた。

——あとで首をひねっても、何とも判断しかねる夜明け前の怪異であった。

丘の上の桃源境

聖蹟桜ヶ丘は、百メートルほどの丘の上の町である。

中央のロータリーの一角に、パン屋、そば屋、米屋、八百屋、肉屋、魚屋、仕出し屋、薬屋、床屋など十軒ばかりの店があり、また郵便局と交番と医者と歯医者がある。これだけあると、日常の生活に、ほかに何もいらないように思う。

それ以外はぜんぶ住宅だから静かなものだ。日中きこえるのは物売りの声くらいである。

丘の上の町なので、この町に用件のある車以外はまあ通らないから、まんなかの大通りを除けば、ゴバン状にひろがる通りにはふだん車の通るのもまれである。だから、住むにも散歩するにも実に好適である。

そこを毎日散歩する。私は知らないけれど、私を知っているどこかの奥さんが、路上で私におじぎをしても、私が威張って知らない顔をして歩いていった、きっと小説のことでも考えていらしたのでしょう、と妻に話したことがあるそうだが、なに、べつに大したことを考えていたはずがない。それどころか脳中からっぽ、つまり放心状態で歩いているから気がつかなかっただけで、つまり放心状態で散歩しても安全な町だということである。

夏の朝、散歩して麓に下るいろは坂の上に立つと、東のかたに遠く新宿の超高層が幻のように見える。夕方、特に秋から冬へかけて、西空を見ると、浮世絵のように凄艶な紫紅の夕映えのなかに、白雪をかぶった富士山が見える。夜になると、麓の谷――といっても、そこを鎌倉街道が通っているのだが――向うの丘に多摩ニュータウンが灯の船の行列のように浮かんで見える。

十種類ちかい野鳥が庭にくるし、六月ごろはその庭で蛙さえ鳴く。ひょっとすると、ここは東京の桃源境かも知れないなど考えることもある。

一方で、車で丘を下りて五分ないし十分も走ると、京王ショッピングセンターあり、そごう百貨店あり、パルテノン公園あり、桜ヶ丘カントリーあり、その上、多摩動物園まであるのである。

ここに住んで約二十五年、これら下界の町の変貌ぶりは一年ごとに目を見張るばかりだが、丘の上の町はほとんど変らない。

いや、私がきたころは、まだ丘の上に家はぽつりぽつりというありさまだったのが、いまはほとんど家に埋まっているから、大変りにはちがいないが、二十五年ほとんど変らない印象なのは、それがビルさえない住宅街のせいだろう。

ときどき新築の風景もみるが、それ以前にどんな家があったか、まるきりおぼえのないことが多い。家は人の生滅に似ている、と思うことがある。

いま、毎日散歩している私も、やがて消え去ったあと、消えたことをだれも気づかず、ただ変らない町だけが閑寂にいつまでも残っているだろう。

わが家の桜

一億総乞食ともいうべき戦中戦後に青春をすごしたせいか、身辺すべて用を弁ずればそれで足りるという暮しかたである。私のぜいたくというと何だろう？　と首をひねったあげく、一つだけ思いあたるものがあった。それは天然自然のものだ。わが家の庭の桜である。

数年来、春になると桜の名所、秋になると紅葉の名所を尋ね歩くというばかにオーソドックスな風流をおぼえたが、わが家の桜もそれらには劣らない。——といっても、特別の桜ではない。ただ大きいだけである。

植えてから三十年になるだろう。いまでは幹をとうていひとかかえにはできない。

あちこち桜を尋ね歩いて気がついたことだが、桜はほとんど山地か公園か校庭か、あるいは並木として植えてあり、個人の庭には珍らしいことを知った。それは桜は大木になるので、小さい庭なら庭ぜんぶを暗くしてしまうからである。

その天を覆うような桜が五本、わが家の庭にある。

満開のときは、豪華けんらん、うなり声を発せざるを得ない壮観である。

それを、座敷の膳に坐って、毎夕、酒をのみつつ眺める。二、三十メートル離れているのだが、まるで花の直下で飲んでいるような気がする。

「テイコク・ホテルだって、こんな晩酌はできないゾ」

と、私はよくいう。これほどのぜいたくがまたとあろうか、といつも思う。

ただ、花の盛りはまあ十日だろう。ついで短い葉桜の十日ばかりがすぎると、もう葉は青いどころか黒ずんできて、庭の半分を暗くしてしまう。あれを切れば、どんなにいろいろの別の花が植えられるだろう、と思いつつ、しかしその満開の十日間のために私はあとの季節をがまんしているのである。

いや、もう一つ嘆賞している季節がある。それは冬である。

葉の落ちつくした桜の大樹は、天空にすばらしい幾何図形をえがく。これもまた捨てがたい。

特に夕方、その背景に関東特有の紅、紫、黄の妖麗凄絶《ようれいせいぜつ》の夕映がひろがって、その中に遠く富士の山影さえ見えるとあっては、この世のものならぬ浮世絵の世界で酒をのんでいるような気がする。

千年の都・夢物語

時々、住んでいる町の近くの多摩ニュータウンにドライブに出かける。多摩ニュータウンは今も黙々と、また続々と建設中である。それが、あとになればなるほど、建物の形といい、色彩といい、だんだんハイカラになってきて、最近はまるでイタリアの町を見るようだ。

そんな風景を見て、十年早く生まれ過ぎたかなと私は嘆く。しかし、また考えるに、東京全体としてみると、間に合わせの都市という印象を禁じ得ない。鷗外は明治の日本を「普請中《ふしん》」と言った。それから百年以上たっても、日本はまだ普請中だ。景観がどこか薄っぺらで、落ち着きがない。風景画にならないのだ。もういいかげんに、祖父と孫が同じ辻《つじ》、同じ公園で遊んだ想《おも》い出を持つような——素直に言えば「千年の都」として定着した東京に住みたい、と思うのだが、かなえられない夢だろうか。

私は東京生まれではないが、五十年ほど東京に住んでいる。一生の大半を東京で過ごしたわけだから、これから五十年後の東京はどうなっているのだろう、東京はどうあるべきだろう、と考える資格はある。

五十年後は知らず、実は今、放《ほう》っておけば東京は遠からずあらゆる方面で、にっちもさっちもゆかない状態になることは目に見えている。

そこで、私の東京改造案。

私の意図は、ただ東京の都市機能の回復と維持、そして都市美の創造にある。と、大きく出ても、その綿密な設計図を描く能力など、あるはずもなく、また、その任でもない。私にできるのは素人なりの、奇抜かつ大雑把《おおざつぱ》な、しかし、自分では根本的と信じているプランである。

まず、どこから手をつけるか。

初めから全部改造しようとすれば、首都機能が停止してしまう。だから一つずつ順々に改造してゆかなくてはならない。

一番目はやはり千代田区がいいだろう。この改造にじゃまっけな建物は、すべて破壊ないし移転する。幸か不幸か震災や空襲のおかげで、永遠に保存したいような建築物はほとんどない。それでも幾らか記念になるようなものを移転するのだ。どこへ移転するかというと、皇居の一部を借りることにする。一種の疎開の町ができるかも知れないが、この町はほんの間に合わせでいい。

かくて空き地となった千代田区を、二十階前後の建物で埋める、瓦葺《かわらぶ》きの平屋などは許さない。そこへ皇居に疎開していた町を呼び戻しても、あと、中央区全部を移転させることが可能だろう。次に中央区の空き地を二十階の建物で埋めれば、今度は、港区ほか二、三区が入るだろう。

この方式を使えば、今の二十三区及び多摩地区の〝トリ小屋〟が全部消えて、快適な居住面積を持つ町に変身するのみならず、至るところ大公園、大駐車場、大文化施設、そして今の道路の二、三倍幅の大道路を作る余裕ができる。

さて、その町並みだが——私の東京大改造の最大の目的は、美しい町並みの町を作ることにある。

ところが、日本人の七不思議の一つに、先天的な都市創造力の欠落症がある。これは無理もない。在来の日本風建築では、近代都市はできないのだから。だから今まで、あちこち異国風の建築を取り混ぜて個々に真似《まね》をしてきた。それが鷗外の言う「参差《しんし》錯落《さくらく》」（＝ふぞろいで乱雑なさま）たる町を現出する結果となった。いくら真似をしても、設計者や大工のセンスが違うのだ。

私が、東京は薄っぺらで落ち着きのない印象を受けると言ったのは、こういうところからも来ているのだろう。近代都市を作ることにおいて、日本はまだ後進国である。そこで、これが私の最大眼目なのだが、この東京大改造の設計施行を全部、外国人にまかせてしまうのだ。

文明開化の時代の銀座街は、異国人の設計によるものであったし、日本海海戦の東郷艦隊は、外国の軍艦の寄せ集めであった。新首都の建設を異国人の手にゆだねることは、戦中派たる私も、少々残念な気がしないではないが、美しい首都創造のためには仕方がない。

それに日本人も、これも七不思議の一つだが、こういうことに意外に抵抗感を持たないのではないか。ディズニーランドや長崎のオランダ村、三重のスペイン村の盛況を見ればわかる。また、イタリア風の多摩ニュータウンを見ればわかる。といって全首都を一国にまかせては、その属国的風景になるから、一国が東京の数区を分担することにしたら、飽きが来なくて面白かろう。

建築資材は設計分担の各国から輸入し、労働力が足りなければ、期限付きでアジアから導入する。財源は貿易黒字の半分を充てる。

日本人は何か大目標を与えた方がいい。工事期間は約百年。もう一度、廃墟《はいきょ》から立ち上がるつもりになれば、こんなことたやすいことだ。

II

わが鎖国論

新貨幣意見

ヨーロッパ旅行などして、最も頭をナヤますものの一つに通貨のことがある。とくにイギリスなどはこれがまったく人泣かせで——さすが頑固横柄なイギリス人もやっと近いうち十進法に改めるようだが——一ポンドは二〇シリングで、一シリングは十二ペンス、というのだから、一ポンドは約八七〇円、と記憶していても、それじゃ七ポンド十三シリング八ペンスは幾らか、といわれて、これがとっさに換算出来たら大天才である。

これがフランスへゆくとフランとサンチーム、ドイツへゆくとマルクとペニッヒ。オランダへゆくとギルダーとセント、というありさまだから、これらの国々を駆けまわって、最後にギリシャなどへたどりついて、ドラクマ、という物凄い名の貨幣に対面すると、もう頭がヘトヘトになって、日本円に換算すると幾らか、など考える元気を失ってしまう。

そこへゆくと日本の場合、円一本、というのは単純明快で、はなはだ結構である。それはいいのだが、問題はそれにゼロがくっつきすぎることで、これによるわれわれ市民の日常生活から大きくは国家財政に至るまで、このゼロのおびただしい羅列による計算上のエネルギーの浪費ははかり知れないものがある。

しかも、ご存じのように、十年たつと物価は倍になっている、というインフレぶりで、個人個人の老後の不安感、などというものには眼もくれず、物価上昇によって大企業の借金を軽減する、というのは、経済学者としての美濃部さんの説によると政府の大方針だそうだから、この傾向は将来ますます加速度を加えることは、大地に槌を打つがごとく確実である。それはそれとして、国家予算十兆円、なんてことになると、一〇〇〇〇〇〇〇〇〇〇〇〇〇、一見して、数字だか戦前の伏字文学だか、わけのわからんものになる。

そこで先年来、ひそかに新貨幣の問題が出たりひっこんだりしている。いわゆるデノミネーションで、遠からず必ずこれは行なわれるだろう。行なわれずにはいまい。

ところで、その新貨幣の名称をどうするか、ということである。「両」「貫」なんて単位が復活するかもしれない。一万円を一両として、不貞の慰謝料七両二分、なんてのも悪くない。しかし、やっぱりこれはあんまり古すぎる、と歓迎されないだろう。

そこで僕の思うのに。――

このごろ日本の近隣諸国などが援助を申し込んで、日本政府がシブチンをきめこむと「日本には誠意がない」とがなりたてて、たちまち漁船などつかまえはじめる。国内に空港や自衛隊の演習場を作ろうとして、補償金の問題で住民といざこざがはじまると、たちまち「政府には誠意がない」とこれまた金切り声を張りあげて座り込む。

誠意、すなわち金のことではないか、と思ったらおかしくなったが、再考するのに、これはまことに近代的真理ではある。

どうでしょう、新貨幣の名称を「誠意」としたら？　「誠意」とはおかしいようだが、フランスの金にも一スー（五サンチーム）という銅貨がある。セイー、おかしくないじゃありませんか。

「月給をあげろ、もう三十誠意をよこせ」

と、組合が社長にすごんだり、

「五十誠意ならホテルへいっていいけれど……」

と、ホステスが持ちかけたり、

「某代議士、百万誠意を収賄」

と、新聞が報道したりするのに、実に迫力と真実味があるじゃありませんか。金が欲しいのに見栄を張りたがって陰気な不平を内攻させたり、それにつけこんで、「誠意はあるんだが、何分先立つものが……」などと狡猾《こうかつ》に煙幕を張る慣習が、きれいさっぱり駆逐されて、この世がスッキリするとは思いませんか。「小説宝石」よ、この随筆の稿料に「誠意」を見せろ。……

映画「トラ　トラ　トラ」

さきごろ「トラ　トラ　トラ」というアメリカ映画を、知人の一人に「実に痛快ですゾ、是非見なさい」とひっぱってゆかれて観せられた。それを観て私は、痛快よりもこれは恐るべき映画だと思った。

御覧になった方も多いだろうが、これは十二月八日の一日を、日米双方合わせ鏡にして描いたもので後半は木ッ葉微塵に粉砕される米太平洋艦隊の修羅図である。だから日本人から見ると「痛快ですゾ」ということになるのだろうが、いくらなんでもアメリカ人にとっては、うれしい光景であるはずがなく、アメリカの映画館では、わずかに数機の日本機が撃墜されるシーンに拍手が湧いたといわれたのも当然である。

それほどアメリカ側からすれば「よくもまあこれまで」と思われるほど公平に描いたつもりだろうが、私から見ると、日本軍をインデアン扱いにした戦争映画とちがい、一応真実の歴史めいて描かれているだけに、やはりこれは危険な映画であると思った。というのは、開戦に至るまでの日本側の「勝つ見込みはない、出来れば戦争をやりたくない」という悲惨なまでのあがきが、全然出ていないのである。だから映画のラストシーンで日本軍が大あばれすればするほど、アメリカ人から見ると、米国側はただ人のいい大まぬけで、日本が敵役であるという印象はいよいよ強烈なものとなって残ることになる。

しかし、それを米製作者側に求めるのは無理であろう。「よくもまああれまで」と感嘆すべきであって、あれほど自分の方の壊滅ぶりを大がかりに描くアメリカ人の度胸と大気《たいき》ぶりは恐るべきものだと、この点でも舌を巻かずにはいられなかった。しかも一方では現在例のベトナムの泥沼戦争に苦しみながらである。

立場をかえていえば——もし太平洋戦争で日本が勝っていたとしても——映画製作の能力以前に、決して出来ない映画である。もしあんな映画を作ったら無事にはすまないにきまっている。自分に不利な報道をする外国人記者はみんな追放してしまう国を、実は日本人も本質的には笑う資格はない性質を内包している。

国論大分裂状態にあるアメリカ人を軽蔑してはいけない。あの自由があってこそ、チャーチルが喝破したように、ひとたび点火されると無限の動力を発揮するのである。

かつて日本は、その点を見誤ったのであった。

ひとつぶのそらまめから

この三月の終りごろ、晩酌のつまみに一皿の青いそらまめが出た。そして、妻の話から、そのそらまめの一つぶが、十円近い値段であることを知った。三月の末にそらまめを食おうというのがそもそもまちがいなのだが、それはそれとして、このごろのお札《さつ》が狐の葉っぱであるいい例である。

それから、酒を飲みながらいろいろ考えた。酒を飲みながら考えて、いつもこれは天来の哲理だと自分で感心し、あとで想い起してばかばかしくならないことはめったにないが、これもその一つかも知れない。

そもそも紙幣などというものは、元来紙っきれに過ぎない。この虚構を実態のものとしてみなが奉っているのは国家に対する信頼をもとにしているのだが、国家が――政府が、その信頼を保持する義務と努力を放擲《ほうてき》している以上、これは本来の紙っきれに帰らないわけにはゆかない。

だからこそこのごろ、みんな、金から物へ——特に土地へ「換物」するのに精出しているわけだが、小生思うに、これだって虚構である。日本がいくら狭いからって、みながほんとうに必要な土地くらいないわけはないのだが、金はアテにならない、それ土地に変えろというわけで必要以上に土地を買うやつが多いので、いまの土地騒ぎが起きているのである。しかも真の必要以上の見せかけの需要から成り立っているのだから、この虚構はいつの日か崩れざるを得まい。——

と、実は今さらのことではなく、ずいぶん昔からそう見ているのだが、理屈は理屈として、ちっとも土地は下がらず、年とともに加速度をあげてゆくようではありますな。

わけがわからなくなって、食卓の上の、今まで読んでいた「南京大虐殺のまぼろし」という本を見る。

昭和十二年日本軍が南京を占領したとき、三十万だか四十万だかの中国市民を虐殺したという「歴史的事実」を、それはほんとうかと改めて調べた本で、この歴史的事実とならべて「百人斬り競争」の話も書いてある。

南京へ、南京へ、日本軍が怒濤のごとく進撃している最中、日本軍の二人の将校が、どちらが早く中国人を百人斬るかという競争をしたというお話で、そういわれて見れば、私も少年時代この新聞記事を読んだ記憶がある。

そしてこの本の著者鈴木明氏の調査によると、これはヨタ記事であったというのである。この推理におそらく間違いはないであろう。

しかし、その結果この二人の将校は、敗戦後中国へ連行され、法廷にひきずり出された。二人は必死になって、それが事実無根のヨタ記事であることを証明しようとしたが、その記事を書いたかんじんの毎日新聞の浅海一男という記者は間が悪いものだから言を左右にして、そのために二人はついに処刑されてしまったのだ。

ここに「虚構」によっていのちまで取られてしまった恐ろしい例がある。

この皇軍の武勇談を華やかに書いて日本人の中国への戦意を昂揚させた同じ記者が、戦後は、毛主席一辺倒、文化大革命礼讃の急先鋒にみごとに変身していたというのだから、この人などは「虚構」のかたまりといってよかろう。しかしこういう手合いは戦後いやになるほど出て来たし、現在ただいまもうんといるでしょうね。

では、南京の「大虐殺」はあったかなかったか。全然虐殺がなかったとはいえない。それまでのいきさつや、あるいは敵都占領という敵味方の昂奮状態から、それに類する事実はあったろう。しかし——と、著者は疑惑を捨てない。存在しなかったという証明を示せ、といわれても今は難しいし、とくにこの場合日本人は加害者の立場にあるのだから、著者としては責任をもって真正面から否定しにくいのである。そこで単なる読者として私が代っていえば、この事件の三十万四十万の「大虐殺」は、どうも白髪三千丈式のところがあるような気がする。

太平洋戦争中の有名な「バターン死の行進」もその趣きがある。まったくやむを得ないなりゆきから結果的に死の行進となったもので、ナチスのやったアウシュヴィッツの虐殺などとはまったく性質がちがう。

しかし、この「虐殺」のために、南京攻撃の軍司令官やバターン攻撃の軍司令官はみな処刑され、放っておくと日本の悪名とともにすべてが歴史的事実となって残ってゆくのである。

いわゆる歴史を見るとこのたぐいのことが無数だ。

だから人々は、ほんとうの史実を書いたものらしい、史伝的著作を求める。あるいは人間の真実を書いたものと思われる文学作品を求める。

が、アイ・アム・ソリー、もともと「ほんとう」の世の中、「ほんとう」の人間が虚構から成り立った存在なのである。

これに対し、一方では明らかに虚構とわかるエンターテイメントをも求めるのではないかというかも知れないが、あれは人々が、世の中や人間が虚構から成り立っていることを嗅ぎつけているから、逆の虚構をもって心のつり合いをとろうとする欲望の現われに過ぎない。黄門さまなんか現実にはとうていいないことを知っているから、物語の黄門さまを作って欲求不満を満たそうとするのである。

推理小説の興味はただ知的遊戯としての満足ばかりではなく、その底流に正義が悪を裁くということもあると思うが、これも現実の虚構に対する虚構、毒消し作用を求めてのことであると思われる。

この世は虚構だ。

この世はすべて虚構だと考えると空しいけれど、しかしそれがこの人間世界だとあきらめるよりほかはなかろう。

十五万票とっても落選、三万票とっても当選などという選挙制度は虚構だ。何千万円かの裏口入学金を出せば入学出来る医大の試験も虚構だ。一万円札が何千枚あろうと、みんな狐の葉っぱだといっても、すでに現在の社会はそれから成り立っており、それを完全に否定すれば現在の社会は崩壊する。これだけ国民を苦しめている土地の値上りでも、虚構の需給によることは間違いないのに、値下りでも始めると日本の経済はパニックにおちいるというではないか。

私にいわせると、恋愛さえも睾丸ないし卵巣の描き出す虚構である。人間の世界でほんものは、ただ食欲だけだ。

しかし、これさえ、このごろは虚構の食物がふえてあてにならなくなった。——

私は、一つぶ十円のそらまめの最後の一つぶをぱくりと食って、索漠たる顔で飲んだ。酔っぱらうことだけが、虚構ではないらしい。

救国三策建白書《きゆうこくさんさくけんぱくしよ》

至愚草莽《そうもう》の微臣山田風忍斎、近時我《わが》国情を見るに、戦後三十有余年、その宿弊あたかも垢塵《こうじん》重なりて鉄皮《てつぴ》と化せるが如く、尋常一様の法にては洗浄《せんじよう》相叶《かな》わず、かくの如くんば臭気国に満ち、民すべて窒息《ちつそく》腐敗して滅亡の外はなかるべしと存ぜられ、憂国の心もだしがたく、十日十夜不眠にして呻吟《しんぎん》し、とりあえず起死回生救国の三策を案出いたし候。愚存の趣《おもむき》恐れながら建白仕り候こと次の如くに御座候。

第一・闘税義人顕彰の件。

そもそも日本の現状を見るに、国民二階層に相分《あいわか》る。一は国家を以て食物《くいもの》とする階層と、一は国家の為に食物にされある階層に御座候。別言すれば税によって肥る人間と、税をしぼらるる人間とに御座候。

前者を特権階級という。現代の特権階級は、合法非合法を問わず、税金を過少に済ませ得るか、無にして許さるるか、さらにはかえってこれを私腹のものとし得る階級なるべし。

かかる特権階級の実在する以上、人民すべてがこの特権階級に入らんとして努力するは当然にして、政治家が政権の座に連ならんとして鬼神の如く相争い、実業家が政治献金の名のもとに公然賄賂《わいろ》を贈り、選挙民が大悪と知りつつ国費掠奪《りゃくだつ》の手腕に長《た》けたる候補者を選び、医大受験の父兄が巨費を投じて子弟を裏口入学させんとあがくも、ひとしく右特権を得んとする趣旨に発する当然事に御座候。

しかしてまたかかる特権階級の実在する以上、時に脱税を以て国税庁の槍玉にあがるといえども、当人の本音にては全然罪悪感なきは人間性として当然の事に有之《これあり》候。なんとなれば彼はみずからの納税及びその額を不当と信ずればこそこの冒険に出でたればなり。

かくの如き至当の人間性は到底禁圧し能《あた》わざるものなり。

況《いわ》んやこの禁圧側が、右の如くみずからは合法非合法を問わずそれぞれ一種の脱税者集団なるにおいてをや。これを禁圧せんとするはこれ一篇の怪奇漫画といわざるべからず。

　されば、時に発覚するは盲撃ちに中《あた》りたる鳥のごとき例にして、現実にはその数千倍の脱税者がいまも存在し、また未来永劫《えいごう》にこの現象のやむときはあるべからず、これ自然の理なればなり。

　ここにおいて微臣思えらく、こは大いなる国損なりといえども、匹夫の志奪うべからず、この至当の人間性、この自然の理は重んぜざるべからず、むしろこの志、この性、この理に従うこそ天の道なりと。

　すなわち、爾今《じこん》脱税者は犯罪者なりとするをやめ、これを天道実践者として尊重すべきなり。

　事実天道の見地より見て、脱税者は右のごとき地上の怪奇漫画に対する壮烈なる挑戦者にあらざるや。不公平に盲従せざる雄々しき抵抗者にあらざるや。不当なる差別と戦う鑽仰《さんぎょう》すべき義人にあらざるや。

　さればこれより、億単位の脱税者には闘税文化勲章を贈り、百千万単位の脱税者には闘税紫綬《しじゅ》褒章を授与するを至当と愚考するものに御座候。

　旧来よりのいわゆる特権階級すなわち公認脱税集団は、もとより英雄義人の大先達《せんだつ》なれば、これを名門としていよいよ尊敬することとせば、こちらより文句の出るはずもなかるべし。

序《ついで》を以て申せば、従来何事によらず反権力行動に同情顔を惜しまざる野《や》のジャーナリズムが、反権力の象徴的行為たる脱税にさほど同情の態《てい》なきは奇怪なる矛盾《むじゅん》といわざるべからず。

されば以後、必ずこれを権力と戦いたる英雄として遇し、ひとたび大脱税者出づる時は、彼がいかにして脱税の志を立てたるか、いかにしてこの道に苦心せるかを、既《き》往《おう》の偉人立志伝、名優芸談のごとく報ずるを可とするものに御座候。

かくては国民ことごとく義人英雄となり、一人も納税するものあらざるべしと案ぜらるる向きあらんも、国民ことごとく英雄義人とならばそれにてよきにあらざるか。全国民ことごとく英雄義人たらば、税の本来の代償たる生命財産の保証ははじめより成されたるも同様にして、税金などはとっても使い道なきに至るべし。

事ここに至りてもなお納税の本能やみがたき頑冥固陋《がんめいころう》の輩は、天道に背《そむ》く不義を助長する度しがたき国民の敵として、鼓を鳴らして弾劾するを可といたし候也《なり》。


第二・国立料亭設立の件。

余りにも唯々諾々《いいだくだく》と税金を払うことの不義につながる例は、税金を出せば出すほど役人の飲食《のみく》いの質と量をあげ、財政再建に高級料亭再建の結果を呼ぶのみの事実に徴して明白なり。

実に役人は己の懐を痛めずして飲食《のみく》いするが好きなる種族にして、なかんずく役人が公金を以て役人を接待するが如きはこれまた怪奇漫画にひとしき図なれども、当人らにとりては役人が役人を接待するも公務なれば、これに私費を充《あ》つるはかえって奇怪なりとの論理を持して動かざる如し。

ともあれ役人が公費を以て飲食するはすでに役人族の体質と化せるがゆえに、この本能に満足を与えずんば体調を崩して、本来の公務に支障を生ずるに至らんとす。これ角《つの》を矯《た》めて牛を殺すの愚に似たり。

然りといえども血と涙の結晶たる税金を提供する人民の眼より見れば、彼らが夜な夜な高級料亭にて山海の珍味を飲食する光景は、想像するだに胃痛を催さずんばあらず。この声高きがゆえに良心的なる役人は、赤坂へ走る車中、心中いささか夜陰の盗賊の心境にあるやも計られず。新聞記者に問わるればとかく隠蔽《いんぺい》したがるがその証拠なり。

ここにおいて微臣は、断然国立料亭を設立せられんことを建白いたし候もの也《なり》。

およそ官吏の飲食は必ずここにおいてなす。官吏のみならず、例えば代議士の如きも一応の名目としては公費を以て生活の基本となしおる存在なれば同断なり。かつ財界人の役人招待の如きも一応の名目としては公事にかかわることを目的となしおれば、これまた必ずこの場所に限定すべし。

そのためには、地下数階地上数十階の建物を要するに至るべきもやむをえざる所とす。

各階に数百軒の料亭を設くれば、役人の職域階級、会合の目的のいかんにより、そのすべての要求に応《こた》うるに足るべし。内部は現代の高層ビルの飲食街の如く、外観装飾、好むがままの工夫《くふう》は自由なり。

ただ会計はすべて会計検査院の役人を帳場に座せしめて管掌せしむるを要し、利益はすべて国庫に入るべきものとす。

料理の内容また自由なり。ただし微臣の希望としては、米飯はなるべく古々米を以てし、魚貝類はなるべく水俣《みなまた》の海産物を以てし、また一案として、安魔酢《やすまず》の酢のもの、破鱈痂《はたらかず》酢のドレッシング、汚暮酢《おくれず》の鮨《すし》より成る「袖の下弁当」を各店共通のお勧め品といたしたし。

料理人、芸者の類《たぐい》はいずこより求むるや。こは旧来の赤坂の割烹《かっぽう》店より得らるべし。

なんとなればかくのごとき国立料亭ビル設立の暁は、赤坂の料亭の半ばは壊滅に至るべく、彼らの失業の身となること必然なればなり。この事をとくと言いきかすれば事前に彼らを集むることは可能なり。

これらの費用すべては国費を以てす。一見泥棒に追銭の愚行に似たれども、その儲けはことごとく国庫に入るものなれば、差引の計算は必ず合うものと愚考いたし候。

かくて役人は安んじて公金を以て飲食《のみく》い出来ることと相成るがゆえに、青天白日、安心立命、以後彼らの奮闘ぶりは期して待つべきものあり。これ国立寄席《よせ》のごとき馬鹿馬鹿しきものを設立するに比して、はるかに賢明なる設備と存じ候。

なお彼ら酩酊せるときの空桶《からおけ》用の合唱歌として左の如き歌詞然るべくと一応推薦いたし候也《なり》。

「マダ、ホーコクハキイテナイ
ジジツトスレバ、タイヘンダ
サッソク、シラベテ、ゼンショスル
アラエッサーサー」

第三・亡国神社建立《こんりゅう》の件。

すでに国を安んぜし英霊を祭るという名目にて靖国神社あり。一方に国を亡国に導きし悪霊を祭る神社なかるべからず。

さり乍《なが》ら史眼による審判は複雑変転、当該人物が果してその罪に当るや否や容易に断じがたきものあるは、かつて、大楠公が乱臣賊子視せられたる例によっても明らけし。

微臣の想定せる亡国神社はそれと異り、現存人物の生霊《いきりょう》を祭るものに御座候。それは一般民衆をして日本に棲《す》むのが厭《いや》にならしむる人物、同一国民たるをウンザリせしむる人物、然り而《しこう》して、悪運強くして縲絏《るいせつ》を免《まぬか》れ、なお世にはばかりおる輩の生霊に御座候。

これをいかにして選ぶや。すなわち国民投票による。ただし国会議員選挙ほどの手間をかけるも国の費《ついえ》となるゆえ、視聴者によるＮＨＫの紅白歌合戦出場者、ないしプロ野球のスポーツ記者によるベストナイン選定に近き法をとるも、結果としては国民投票の結果と大差なかるべし。

とにかくその法にて、毎年、亡国的人物十柱《はしら》を選び、その生霊を御羽車《おはぐるま》を以て神社に移すものにして、これについては当人の許諾を得る要なしと存ぜられ候。なんとなれば彼らは生霊などいくつ奪われても生命に別状なき心臓の持主なればなり。神社の敷地は必ずしも広大なるを要せず、ほかに適地なくんば微臣の庭の一隅にても宜しく候。

ここに毎年大晦日、紅白歌合戦開演時と時を合せて大祭を行う。その行事いろいろ案あれど、とにかく参拝者は祭壇に向って放屁するを以て礼といたさせたし。

この亡国神社建立の御利益《りやく》に至りては無限なるべし。今日ただその御利益は紅白歌合戦に数倍し、参拝者の数は靖国神社に数千倍するものあらんことを信じて疑わざるものに御座候。

以上三件、某党の税はとるな、福祉《ふくし》はふやせというが如き実行不可能なる、無責任なる鼻唄的政策にあらず、実行せんと欲すればただちに実行可能なるものにして、しかも実行の暁は全国民必ず歓呼して迎うるものなることを確信仕り候。何とぞ国家千年の為、右の三私案、大英断を以て御採用相成りたく泣血流涕《きゆうけつりゆうてい》して嘆願申しあげる次第に御座候。

誠恐誠惶

月日

草莽の微臣　山田風忍斎

阿《あ》吽《うん》総理大臣閣下

チリコンカーネ

国家財政が破滅状態になるのをふせぐためには増税をがまんしてもらわなければならない、と政治家はいう。脱税をふせぐためには国民総背番号制にするよりほかはない、と役人はいう。

いちいちもっともである。だいたいこういうことに関して政治家や役人のいうことは、もっとも至極なことが多い。

ただ、しかしである。国民に対して何らかのがまんを求める以上、それを口にする者がある程度清廉でなくてはならない。自分たちはワイロや脱税をほしいままにし、闇給与をとり、公金で飲み食いしながら、国民に対しては、がまんもヘッタクレもない。論より論者がまず問題である。政策より施行者がまず問題である。

その点、このごろ特に取沙汰される政治家や役人の行状はまさに「どの面《つら》下げて」

というよりほかはない。

それで、むろん私も大いに立腹しているのだが、しかし——と、ときに思うことがある。しかし日本の役人は、伝統としてはわりに清廉なほうではないか？

そんなことをいうと、苦笑失笑どころか、背中を逆なでされるような気になる人が多いにちがいないが、それではいまの政治家や役人のことではない、昔の政治家や役人のことだといおう。

昔といっても、終戦前後のことである。あの日本の饑餓時代のことである。

いま極貧国と呼ばれる国々がある。その国のあばら骨まで浮き出した赤ん坊などの写真を見る。それに対して援助をしても、援助物資が途中で消滅してしまうという報道を読む。

あのころ、日本もまさに最極貧国であった。しかし、乏しい配給はそれなりに公平に行われ、アメリカからの援助物資は、ほぼまちがいなく末端までとどいたのではないか？

むろん、そのころにもさまざまな事件があったことは知っている。いろいろ悪いやつがいたことも知っている。当時私は医学生であったが、上野駅などで栄養失調で死んだ浮浪者の屍体が、何十体も解剖用に持ちこまれ、ならべてあった光景もこの眼で見ている。いや、その一体を私も解剖したのである。私はひからびた枯木のような腕を一本もらった。

しかし、浮浪者はべつとして、配給のもらえる家庭では、あばら骨の浮いた赤ん坊など、そうたくさんいなかったのではあるまいか。全体としては、生きてゆく最低限度の配給をほぼ公平に保ち得たのではないか？

私は敗戦翌年の夏を思い出す。当時住んでいた世田谷のある町の路地裏で、

「きょうは進駐軍の何とかの配給デース」

と、呼んでいた隣組の人の声を思い出す。

あるとき、コンビーフのわりに大きな罐が配給された。山陰の田舎に生まれて、中学生のころすでに日中事変にはいっていた時代に育った私は、コンビーフなるものを食べたのも、そのときがはじめてではなかったかと思う。

大事に食っているうちに、夏のことで、むろん冷蔵庫もないころだから、罐には蛆《うじ》がわき出した。その蛆も蛋白質だと考えて、平気でそれを食いながら、当時創刊されたばかりの推理小説雑誌の懸賞小説を、せっせと私は書いた。ふしぎなことにそれで腹をこわした記憶もない。

私ばかりではない。ある日、「きょうは進駐軍のバタの配給デース」という声にい

ってみると、路地のおかみさんたちが配給店に行列していたが、その中に一升瓶をぶらさげている人が何人もあった。彼女たちは、バタとはいかなるものか知らなかったのである。これでアメリカと戦争をやったとはいい度胸である。

食べたのははじめてにしろ、コンビーフなど、とにかく私は知っていたけれど、まためる日、

「きょうはチリコンカーネの配給デース！」

という声が聞えて来たのには、眼をパチクリさせた。それこそ一升瓶を持っていってていいんだか、バケツを持っていっていいんだか見当がつかない。

いって見ると、それは罐詰であった。——が、いま思い出そうとしても、ただ罐詰の肉の一種だという以外に、どんな味がしたのか記憶がない。ただあまり奇妙な名前だったので、それをおぼえているのである。

そこで、いま辞引をひいてみると、chile con carne「肉のとうがらし煮・メキシコ料理」とある。アメリカも妙なものを援助してくれたものである。

それ以来、この食物を食ったことも、だれかの話に聞いたこともない。しかし、どこか食料品店を探すとあるにちがいない。ぜいたくになったいま食っても、何だかうまそうである。是非近いうちに探して食べてみようと思う。

このチリコンカーネは、いくつかの段階を経て、路地裏の私たちの手にとどけられたのである。その段階の一つ一つに役人的人物がいたにちがいないが、やはり飢えていたはずの彼らも、それで自分たちの「私腹をこや」さなかったのである。あのころの日本の役人に敬意を表する。対象が役人でも、その公正を認めるのは、やはり気持のいいことである。それにつけても――と、いまの、ヨッシャヨッシャ氏とか、その刎頸《ふんけい》の友氏とか、沈黙の愚人氏とか、乱世の国士氏とかを思い浮かべると、はてな、あの人たちはあの時代でも、かたちこそちがえ、共通してみな飢えた体験を持たない人々ではなかったか、という疑いが生じた。

巡査の初任給

明治の巡査、それも文芸作品に現された巡査の暮らし向きについて書いて見よう。

明治初年邏卒《らそつ》と呼ばれていたのが巡査と改められたのは、東京が明治五年、全国的には七年のことだが、その採用条件に、二十歳以上四十歳以下、身体強健にして五尺以上の者、のほかに、刑法、警察法規の大意、日本史の大略に通じる者、普通の文章を読み書き出来る者、加減乗除をなし得る者、などの項目があった。

当時、この条件を満足させるとなると、やはり元武士、それもある程度上級の者ということになると思うが、実際には相当いかがわしい連中も採用されたらしい。

鷗外の「雁」のヒロインお玉が、高利貸の末造のお妾になる前に、十六、七歳のころ、というと明治十年か十一年の話になるが、屋台で飴細工を売る老父とともに陋巷《ろうこう》に住むお玉のところへ、髯を生やした巡査が、強引に入り婿におしかけ、この巡査に妻子のあることを知ったお玉が井戸へ投身しようとした挿話が書いてある。

当時の巡査の直話として、「十一年頃、まだ其頃《そのころ》は交番所が設けてない。町の角々へ一時間交替で佇《たたず》立んだものです。『イヤだおっ母《か》さん巡査の女房、出来るその子は雨晒《あまざらし》』といふ歌の創《はじ》まつたのはその頃でして、雨も雪もたまらないが、夏の夕立ちに雷の鳴る時は、御当人の棒先生も、ア、子々孫々まで巡査はさせまいと思ひましたよ」と、篠田鉱造の「明治百話」にある。このころ最下級の四等巡査が月給六円であったことも記してある。

教員の十分の一の月給

「雁」の物語は明治十三年のことだが、大学生の「僕」が、古本屋から唐本の「金瓶《きんぺい》梅《ばい》」を七円で買う話もある。古本屋といっても野天に縁台を出しているような店で、この本もそれほど稀覯《きこう》本でもないらしいから、もって巡査の給料の安さを知るに足りる。だから、右の「明治百話」によると、巡査はこんなことをやった。

「……まづ政府から其頃《そのころ》下りましたのは夏冬の服、夏服二の冬服一着で、其他に外套、それから長靴、半靴、帽子、靴下ですが、靴類は金子《きんす》で出しましたから旨《うま》く一年送りにして――」

金でくれたから、一年分の靴を二年はいたという意味だ。

「多くは長靴年一足、此《この》靴代金二円、短靴年二足、此代金一円五十銭也《なり》は暮の餅代に化けましたよ」

服は現品で支給されたが、これも一年分の服を二年着て、新しいままの一着を残し、これを六円なり七円なりで服屋に買ってもらうことにしていたという。制服一着分が、彼らの月給と同じだったのである。

可憐なお玉さんの初物を頂戴したのは、こういういじましい生活をしている巡査だったにちがいない。

二十年代では、二十八年の、鏡花の「夜行巡査」という短篇がある。

巡査と恋するある娘に、偏執的な憎しみをむける伯父が、いやがらせにその巡査の悪口をいう。

「……八円を大事にかけて世の中に巡査ほどのものはないと済《す》まして居るのが妙だ。（中略）まづ八円の値打ちはあるな。八円じゃ高くない。禄盗人《ろくぬすびと》とはいはれない。まことに立派な八円様だ」

この老人が寒夜堀に落ちる。自分への悪意を知りつつ、この巡査は、職務のために

巡査の初任給

明治七年	四円
明治十四年	六円
明治二十四年	八円
明治三十年	九円
明治三十九年	十二円
大正元年	十五円
大正七年	十八円
大正八年	二十円
大正九年	四十五円
昭和十年	四十五円
昭和十九年	四十五円
昭和二十年	六十円
昭和二十一年	四百二十円
昭和二十三年（一月）	千八百円
昭和二十三年（六月）	二千三百四十円
昭和二十四年	三千七百七十二円
昭和二十五年	三千九百九十一円
昭和二十六年（一月）	五千五十円
昭和二十六年（十一月）	五千九百円
昭和二十七年	六千九百円
昭和二十九年	七千八百円
昭和三十二年	八千百円
昭和三十四年（四月）	八千五百円
昭和三十四年（十月）	八千九百三十円
昭和三十五年（四月）	九千二百円
昭和三十五年（十月）	一万三百円
昭和三十六年	一万三千百円
昭和三十七年	一万四千六百円
昭和三十八年	一万六千円
昭和三十九年	一万八千円
昭和四十年（四月）	一万八千四百五十円
昭和四十年（九月）	二万五百円
昭和四十一年	二万二千百円
昭和四十三年	二万三千七百九十円
昭和四十四年	二万六千二百七十円
昭和四十五年（四月）	二万九千七百五十円
昭和四十五年（五月）	三万四千八百円
昭和四十六年	四万六百円
昭和四十七年	四万六千九百円
昭和四十八年	五万六千円
昭和四十九年	七万三千六百円
昭和五十年	八万一千八百円
昭和五十一年	八万七千四百円
昭和五十二年	九万三千三百円
昭和五十三年	九万六千円
昭和五十四年	九万九千百円

〈注〉月俸。諸手当を含まない基本給。
資料提供＝東京都人事委員会，原田弘氏

水に飛びこんで殉職するという話である。

「雁」の時代から二十年近くたっているのに、巡査の月給は六円から八円に上がっただけと見える。

この同じ明治二十八年に、漱石は満二十八歳で松山中学へ赴任したのだが、その月給は八十円であった。坊っちゃんの月給は馬鹿にならないものであったのである。それにしても、その十分の一とは巡査の月給は安過ぎる。

次に三十年代では、三十五年に独歩が発表した「巡査」がある。表で見ると、初任給が三十年で九円、三十九年で十二円になっているから、後者が日露戦争の戦時インフレ後であることを思い合わせると、三十五年は十円くらいだろう。

大臣護衛の気概

明治三十四年の子規は、その「仰臥漫録」に、「……今ハ新聞社ノ四十円トホトヽギスノ十円トヲ合セテ一ケ月五十円ノ収入アリ」と記している。豊かとはほど遠い彼の生活にくらべても、巡査の十円は、たとえ初任給にしても相当なものだと思う。

さて、独歩の「巡査」だが、果たせるかな生活は楽ではなかったと見えて、これに描かれる中年の巡査山田銑太郎（とあるのが小生には可笑しいが）君は、指物屋の二階の一室に下宿していて、訪ねた独歩と酒を飲み、述懐する。

「……第一巡査をして、妻子を養つて楽しみをしようなんテ、ちつと出来にくい芸ですナ。蛇の綱渡りより困難《むつかしい》ことですよ」。蛇の綱渡りとは奇抜な形容である。

この巡査は貧しくともその境涯をたのしみ、酔って自作の漢詩を見せる。ある大臣の警衛をしていたときの作として、

「権門昏夜哀を乞ふ頻りなり
朝《あした》に見る揚々として意気新《あらた》なるを
妻妾は知らず人の罵倒するを
醜郎満面髯塵《ひげちり》を帯《お》ぶ」

夜権門にへつらい朝になると威張る大臣の日常を観察していての詩である。

この独歩の作品は小説というより写生文で、実際の巡査をえがいたものと思われるが、さすがに明治の巡査である。現代の大臣護衛の警官にこの気概ありや。

ともあれ、現代の警官はほぼ「中流階級」なみの月給をもらっているようで、これはまあ結構なことだと思う。

政治家の国語力

いつかテレビで、石油会社の社長連の吊しあげの光景を見ていたら、中に田中首相と中曾根通産相が登場して、「大規模」を「オーキボ」といっていた。御両人とも繰返しオーキボといっていたから、今でもそういっているだろう。

大をダイと読むか、オーと読むかは実に難しくて、私などもわからない場合がある。大それた、は、ダイそれた、とばかり思っていたら、ある作家が、オーそれた、といっていたので調べてみたところ、オーそれた、も必ずしもまちがいではないらしい。

しかし大規模はまちがいなくダイキボのはずである。

その中曾根サンが、主婦のトイレットペーパー買いだめの狂乱ぶりを「一犬虚にほえて万犬実を伝う」とか何とか例えたら、たちまち公明党の某議員が起ち、主婦を犬に例えるとは何ごとか、と犬のごとくかみついて、中曾根サンは陳謝を余儀なくされた。

こういうのを、文字通り揚足取りというので、翌日の新聞にこれを笑うのかと思っていたら、これに共鳴した記事ばかりであったので驚いた。諺や格言には、人間を動物に例えたものは無数にあり、べつに人間を侮辱したわけではないことは、国語ないし漢語の習いである。英語でも同じことだろう。

私は、いまの日本の政治家で完全に自力で「回想録」を書く自信のある人間が何人あるだろう、と考えた。そして、それは極めて少数だろう、と想像したとき、これは彼らの罪というより、やはり日本語そのものに欠陥があるのではなかろうか、と考えた。

新聞を読まぬ日本人の一大集団

　さすがにこのごろ韓国にキーセン買いに出かける日本人はなかろうが、金大中事件が起って日韓の間がおかしくなっても、まだキーセン買いの大群が日本から押すなで出かけていたようだ。やらせる観光会社も観光会社だが、やる日本人も相当な度胸の持主である。

　私には、おかしいことに韓国に一人の愛読者があって、その人の手紙に、まだ金大中事件などが起らない前に、日本人のキーセン買いにははらわたが煮えくり返る、とあった。こういうことは経済云々の問題より国民感情を刺激するものである。私は彼の悲憤をもっともと思っていた。

　最近の日韓のもめごとは、それ自体にはこっちにも言い分が重々あるが、しかし韓国人にして見れば右のような行為に対する陰湿な怨恨がたまりにたまっていたのが爆発したのである。さすがにキーセン買いを奨励する新聞はなかったようだが、それでもわれ関せずと押しかける日本人たちがあった。

また私は、美空ひばりサンをほめた記事を読んだことがない。あれだけやられれば、ふつうの人間なら完全に葬られてしまうところである。ところが現実には、東京の大劇場を一ト月満員にする力のある女性歌手というと、おそらく美空ひばり一人だろう。なんだか、新聞など全然読まない日本人の一大集団が存在しているような気がする。少くとも五十％以上の。――

おそらく「天皇制」を頑と守って動かないと見られているのも、この一大集団だろうと思われる。実際はどうだかわかったものではないのだが。

政治家の歴史知識

政治家が「歴史」を持ち出したお話、二つ、三つ。

外務省の「終戦史録」をみると、昭和二十年八月九日、米内海相は部下の高木惣吉少将にむかって、

「総理は口をひらくと、小牧長久手だの大坂冬の陣だの、そんなことばかりいっているのだからね。……」

と、嘆声をもらしている。いうまでもなく総理は鈴木貫太郎である。鈴木はこのとき数え年で七十九であった。

その四月に首相になってから、鈴木は一見泰然として、抗戦論者と終戦論者の双方に、ぬらりくらりの応待をしていたが、すでに広島に原爆が落ちたというのに、まだ小牧長久手……などといっている老総理に、米内はまるで、大久保彦左衛門が何かと

いえば十六歳初陣のときの鳶の巣文殊山の戦いを持ち出して若い者をナヤませたという講談のようだとでも考えたのだろう。そのボケぶりに焦燥していたのだ。では、小牧長久手の戦いとはいかなるものであったか。これは秀吉と家康の戦いだが、家康はこのとき秀吉の心胆を寒からしめる痛烈な一撃を与えてから和睦を結んでいる。のちになってみれば、秀吉はこれで家康に舌をまき、この一撃が家康の後半生を護る遠因になったのである。

鈴木首相は、負けるにしてもなんとかもう一度アメリカに一泡吹かせてから、と熱願し、その思いが右の言葉となって出たのだろう。空頼《からだの》みとはいえ、望みとしては別に時代錯誤な歴史知識ではなかったのである。（鈴木の悲願は成らなかったけれど、私はある一面から見れば、太平洋戦争そのものが一つの小牧長久手の効用を発揮した気味もあるのではないかと思う。）

さて、福田元首相が、いつごろから昭和の水戸黄門をもって自任しはじめたのか忘れたが、あれはいったいどういう意味なのか。いくら首相経験者だといったって、天下の副将軍を称するのもおかしいし、いまどき諸国漫遊というのもおかしい。

御当人はただ「世直し」の黄門だなどととぼけているけれど、世間が福田さんにふつうの意味での世直しなど期待していないことはよくわかっているだろう。あれは実は、黄門さまが隠居後、奸臣藤井紋太夫を手討ちにした事実を頭にえがいてのことにちがいない。藤井紋太夫は卑賤の身分からの成り上り者だが、才気縦横で水戸家の家老にまでなって、江戸の権力者柳沢吉保などと通じて、隠然たる勢力を築いた。老黄門はこれを水戸家の禍《わざわ》いのもとになると見て、機会をつかんでみずから舞う能舞台の楽屋に呼んで、一刀のもとに刺し殺したのである。ここまでは事実だが、映画や小説では、この成敗のあと、能面をつけた黄門さまが、笛、鼓の音《ね》とともに、ツ、ツ、ツと橋懸《はしがか》りへ出てゆくことになっている。

自称福田黄門の由来はおそらく右の通りだろうが、藤井紋太夫はだれを指すか、いうもおろかな事だ。ただし、昭和黄門は腰がフラついて、とうていほんものの黄門さまのようにあざやかにはゆかなかったようだ。

もう一つ、ことしになってから中曾根首相が、突然「明治十四年の政変」の話を持ち出したこと。彼はテレビでこういったそうである。

「憲法問題については、私は胸の中に長期的な時間表を持っている。

長期的な時間表というのは、明治十四年の政変を思い出してのことだ。明治十四年の政変で、二十二年に憲法制定、二十三年の国会開設などの中長期の国の計画を決め、国内世論を統一して時局を鎮静させ、立派な明治時代を作った。……」

まあ、こういうことだが、どうしてこんな、いま一般国民も狐につままれたような思いのする「明治十四年の政変」が、中曾根さんの頭に浮んだのか。

明治十四年の政変とは、薩閥の大実力者黒田清隆の北海道官有物払い下げ事件に関する大汚職事件を、大隈重信一派が弾劾《だんがい》し、ために薩閥は怒り狂って大隈を葬り去ろうとした、文字通り、大隈は生命さえ危い事態に追いこまれた事件である。

結局、黒田、大隈の間にあって、長閥の伊藤博文が漁夫の利？　を得、右の中曾根さんの言葉に似た歴史を作りあげるのだが、中曾根さんの頭にまず浮んだのは、伊藤の長中期の計画より、大汚職をめぐる黒田と大隈の抗争が、近年のある「政変」いわゆる自民党の狂乱的「三木下ろし」の騒動と、きわめて類似していることに気づいたからではあるまいか。

右は色川大吉氏も指摘されていたと思うが、すでに私も去年かいた作品の中に、この事件のことを書き、「大隈下ろし」という言葉を使っている。むろん「三木下ろし」を考えてのことである。中曾根さんが、いかになれなれしく電話などで相談しようと、ある人物をもって黒田清隆と同じ立場だと思っていることはまちがいない。

以上、三つの挿話のうち、最初のものはさておき、あとの二つはそれぞれ煙幕をかけてはいるが、意外に本音を示唆《しさ》しており、その歴史的知識はなかなかのものだと思わざるを得ない。

成長期の影響

人間は、遺伝、環境、教育の三要素から成り立つといわれるが、私はいちばん決定的なのは遺伝で、あと相当の差をもって環境、教育の順につづくと考えている。

この遺伝というやつがそう単純なものでなくて、優秀と見える父母から凡庸ないし劣悪な子が生まれてくることが少くないことは世に見る通りだが、ともかくもそういう例を勘定にいれてもやはり遺伝が最大の因子であることはまちがいない。しかしこればかりは、いまのところ人間の意志を超えた現象である。

あと、環境と教育は、これは相当、関係者の意志で自由になる。孟母三遷などがその例だが、しかしこれとてどれほどの影響を与えるものだろうか。

同じような環境で同じような教育を受けて育っても——右の遺伝の力もあって——その結果出来上る人間は千差万別だから、その影響がどれほど残るか、見当がつかないところがある。

太平洋戦争が終ったとき私は二十三歳であったが、「鬼畜米英」の声はまだ耳鳴りしているのに、焼土と化した東京に進駐してきたアメリカ兵と、たちまち腕をくみ、真っ赤な紅をぬった唇に洋モクをくわえた、いわゆるパンパンガールが雲霞のごとくあらわれいでたのに、彼女らと年齢がほぼ同じだけに私は驚きいった。そして、教育もアテにはならんものだな、と痛感した。

とはいえ、やはりある程度、教育と環境の影響が残ることは疑えない。それについて、とりとめもない雑感を書いてみる。

去年、在日北鮮系のグラビア雑誌からインターヴューの申し込みがあった。インターヴューといっても、自分のしゃべったことと書かれたことは、ずいぶんニュアンスがちがうことが多いので私は敬遠気味なのだが、北朝鮮についてはあまりに知らないことばかりなので、逆に好奇心を起して、つい「ではいらっしゃい」と返答した。

やがてやってきたのは、由紀さおりさんに似たきれいな娘さんであったが、のっけから豊臣秀吉の征韓の役と関東大震災における朝鮮人虐殺をどう思うか、と語気鋭くやられて往生した。――いま、終戦直後の日本のパンパンガールのことを述べたが、こういうみごとな「教育」の例もある。

ところで私は関西の生まれである。関西といっても但馬の山国育ちで、しかも中学生になってまもなく母を失い、ついで日中戦争期にはいったので、これといった「おふくろの味」などの記憶はない。特に「関西料理」なんてものの記憶もない。おまけに廿歳《はたち》のときに上京して、それ以来ずっと東京に住んでいる。にもかかわらず、ふしぎに上方《かみがた》の味が口に合うのである。争えないものだ、と苦笑することがしばしばだ。

また、私がはじめて『少年倶楽部』をとってもらったのは小学校四年のときだが、その昭和六年四月号の覆刻本がいま手許にある。この号から「のらくろ二等卒」が新連載されているが、それが鳴物入りどころか、後年一世を風靡しようとは想像もつかない、実にささやかな登場ぶりだ。

大半は、佐藤紅緑「一直線」、大佛次郎「鞍馬天狗・青銅鬼」、山中峯太郎「亜細亜《アジア》の曙」、佐々木邦「村の少年団」などの読物だ。

さて、戦後、講談社の『少年倶楽部』は、光文社の『少年』に敗れた。その最大原因は漫画の量にあったと私は見ている。『のらくろ』の威力を知っているはずなのに、『少年倶楽部』の編集者たちは依然として読物にこだわりつづけ、漫画を主力とした『少年』に王座を奪われたのである。あたかも、ハワイ・マレー沖海戦で航空機の威力をみずから見せつけながら、なお軍艦にこだわりつづけて敗れた日本海軍に似ている。

その『少年』や、さらに全ページ漫画だらけの少年雑誌で育てられた子供たちが、やがて成長して漫画に熱中する大学生がふつうになり、現在ただいまのような、漫画にあらずんば雑誌にあらずという活字離れの時代を招来した。これも「教育」の影響の一つである。よかれあしかれ『少年』編集部は日本文化を変えたと私は思う。

また、戦前は必ず歩行者は「左側通行」であった。これが戦後進駐軍によって「右側通行」となった。ところが私など、いまでも無意識に歩いていると、つい左側通行していることが多い。私ばかりではない、右側通行になってから四十年たつというのに、世上一般、なおこの点ばらばらの状態にあるようだ。

こういうことから見ると、いま幼少時からテレビに育てられているような事態の影響は、将来ただならぬものがあるにちがいない。怪獣ばかりの内容もさることながら、一つの物語、一つの世界を間断なくコマーシャルで切断されるというしくみが、子供たちの集中力、没入力を分解させ、いわゆるシラケ人間を作ることは必定である。

それでまた例の「教科書」問題——日本の侵略をどう扱うかは、対象が青少年だけに、なるほど容易ならぬ問題だと私も思う。ドイツはザンゲしているではないか、といわれるかも知れないが、ドイツはナチスだけに罪をおしつければいいのだが、日本の場合、それは明治以来百年の歴史ということになるのだから難しい。

日清戦争を謳歌した脱亜論の福沢諭吉や、満州事変を欧米に弁護した新渡戸《にとべ》稲造を新紙幣の肖像に使ったことに異論が出ているけれど、全体としてこの人選の是非は別として、そんなことをいえば漱石だって、「満韓ところ〴〵」など読むと、日本の韓国併合、満州進出をそれほど苦にしているとは思われない。そういう視点だけから見ると、この百年間に紙幣の肖像になって異論の出ない国民的偉人は日本に一人もない。

何にせよ、過去百年の自国の歴史を否定する国家なんて、ほかに聞いたことがないのである。

強者が引退する時

権力者は二つの死を持っている。

一つ目は権力を失ったときで、二つ目は生物学的な死である。しかし、生物学的な死によって、はじめて権力を失う例もある。昔の権力者の死の多くはそうであった。

生物学的な死は、病死と横死の二つに大別される。

病死の例。――「この世をばわが世とぞ思う」藤原道長《みちなが》は癰《よう》で、平清盛は熱病で、源頼朝は脳卒中ないし落馬による外傷性肋膜炎で、足利尊氏はこれまた癰で、秀吉はおそらくは肺ガンで、家康は食当たりないし胃ガンで、犬公方《くぼう》の綱吉は大人には珍しい麻疹《はしか》で、岩倉具視《ともみ》は食道ガンで死んだ。

近代では、在職中、喉頭ガンで退陣した池田勇人《はやと》首相、選挙中、心筋梗塞《こうそく》で急死した大平正芳首相がある。政界実力者の河野一郎は、待望の総理大臣に手がかかったところで腹部大動脈瘤で倒れたが、死ぬ前に、「こんなことで死んでたまるか！」といった。

横死の例。――大半は刺客によるもので、井伊直弼《なおすけ》、大久保利通《としみち》、伊藤博文、原敬、犬養毅、外国では、シーザー、リンカーン、ケネディ。

ナポレオンは病死で、信長、ヒトラーは自殺だが、強制的病死あるいは強制的自殺といえる。

これらの人々の中には、ああ惜しいと思われる一方、死なきゃ決して権力を手放しそうになく、かつ生きていればあと何をやったかたんげいを許さない、あるいは国家や世界の運命を変える力を持った人々もいた。

それだけに本人は、小者ながら河野一郎の言葉に象徴されるように、おそらくこれほど無念の思いを残して死んだ人はなかろうと思われる恐ろしい人物もいる。

また秀吉が死ぬに当たって、家康らに何度も何度も、哀れを通りこして恥も外聞もない、秀頼への忠誠誓約書をとりつけたのは、ただ世にありふれた子に対する父の執着ばかりではなく、大権力者が生命とともに権力を失ったあとの恐ろしい予感あればこそだが、いまの世界でも同様の恐怖をいだく独裁者がありはしないか。

ただし、この文章でとりあげたいのは、死によらず、自動的に引退したり、他動的に引退を余儀なくされた権力者たちだ。

つまり、生きているうちに権力喪失という一つ目の死を迎えた権力者の、その迎え方である。

自動的に権力の座を捨てたといっても、とにもかくにも天下をとった人間が、選挙も任期もない時代、みずからその座を捨てて閑雲野鶴の世界へ去るというような例は、伝説小説なら知らず現実にはまずない。

一見自動的に見えても、実はいつのまにかその座からはずされて、不本意ながら権力を失うといった例が多い。

西郷さんなど犬一匹つれて、ひょうぜんと故山に帰ったように見えるが、倒幕の第一の功勲者《こうくん》でありながら、新政府が自分の意のままにならず、釈然としない顔をしているうちに、その存在意義がうすれて無用の人になってしまった。あとで彼が大反乱を起こしたのも、ただ不満分子にかつぎあげられただけでなく、自分を無視した連中に少なからぬ憤懣《ふんまん》があったからに相違ない。

古くは、部下の権力闘争にイヤ気がさして、応仁の大乱をひき起こしながら、われ関せずと銀閣寺を作ったりして、室町の芸術にひたっていた将軍足利義政なんて人もある。

こういう逃避による権力放擲《ほうてき》は貴公子の権力者に多く、幕末の徳川慶喜、昭和の西園寺公望、近衛文麿などという人もこの同類だ。

西園寺は首相奏薦《そうせん》役の元老の地位にありながら、相つぐ軍部内閣を「しかたがない」と容認して太平洋戦争への道をひらき、近衛は発作的に何か自分で思いついてはすぐにイヤになるという無責任な性格で、とうとう東条内閣にすべてをゆだねる始末になった。もともとが権家の出身だから、権力に対する執着がうすいのはいいが、それで日本を亡国の運命に落としてしまったのだから、権力にてんたんなのも必ずしも賞讃に値しない例もあるようだ。

しかし、逃避もときによっては賢明で、元禄の大実力者柳沢吉保などは、将軍綱吉が死ぬと、その懐刀《ふところがたな》たる地位からさっと身を退いて、六義園の別荘で悠々たる風雅の晩年を送った。不幸を招きかねない前時代の寵臣という立場をみずから捨てたのだが、彼の場合は何といっても側用人という身分だから、その保身の行動は感心してもいいのではないか。

さて、次に、他動的に引退を余儀なくされる権力者だが、むろんこれがいちばん多い。

古今の兵乱はさておいて、近来いちばん劇的であったのは、やはり田中角栄の例だろう。

彼が高ころびにころんだのはロッキード事件によってだが、彼がいちばん痛恨したのは、それ以前に金権のそしりを受けて、やすやすと政権を投げ出していたことであったろう。

それでロッキード裁判で有罪となっても、なお闇将軍の座を動かず、それをだれもどうすることも出来なかった。

これをやっと打ち倒したのは、人ではなく脳出血だ。政権を投げ捨ててから約十年、これほど引退に頑強に抵抗した男は、日本近代政治史上珍しい。

これは特別だが、不本意に政権からひきはがされてからも、なおみれんげな口をさしはさんだり、うろうろあやしげな行動をやめない、いわゆる生乾《なまかわ》きのホトケの影はいくつも見える。

いずれにせよ、げに権力欲こそ、食欲、性欲にならぶ、いやそれ以上の人間の最大欲望である。

従って、みずから満足しつつ引退した人間はほとんどないが、それでも例外的な例がないでもない。

家康は前に記したように食当たりで死んだのだが、最後の十年は駿府に退《しりぞ》いて、「大御所」と呼ばれていた。ただし、むろん実権はその手にあった。

吉田茂も大磯の自称「海千山千楼《うみせんやませんろう》」にあって、悠々自適の晩年を過ごした。もっとも吉田の場合も簡単に政権を手放したわけではないし、だいいち池田、佐藤という愛《まな》弟子《でし》の後継者があった。

つまり、引退が比較的おだやかなのは、自分が「院政」をしく可能性のある場合にかぎる。

さて、最近、みずからの手で後継者を選んで退いたのが中曾根康弘である。これだって、党則あればこその引退で、本人としては大いにみれんのある気配であったが、とにかく近来珍しくもめごとなく政権を委譲した。――アサテ、ナンキン玉スダレ、果たして将来徳川康弘の地位を占め得るや否や。

とはいえ、日本人の場合は、政界のドロドロなどいっても、まだ比較的淡白なほうなのである。

田中角栄だって、はじめはあっさり政権を投げ出した。頑強きわまる闇将軍と化しても、彼を倒した脳出血は、あれやこれやの心の苦悶の結果だろう。太平洋戦争最大の責任者と見られた東条も、若干の抵抗をこころみはしたが、意外にもろく身をひいた。明治、大正最大の権力者山県有朋も、晩年、良子《ながこ》女王の色盲問題で国民の弾劾を受けるや、「飛ぶほたるうちおとされて水の面《も》に光りながらに流されてゆく」と詠《よ》んで、一切の栄爵の座から退こうとした。

これを日本以外の諸国の権力闘争の結果の凄まじさとくらべて見るがいい。

毛沢東に倒された劉少奇は、投獄されて糞まみれの骸骨のようになって死に、「陽気なニキータ」と呼ばれたフルシチョフは、書記長を解任されるや、孫の表現によれば、「毎日泣いてばかりいる」おじいちゃんと化し、死んでもプラウダにその事実が一行掲載されただけで何の哀悼の言葉もない始末であった。スターリンによる大粛清の惨はいうまでもない。権力を失うことは生命を失うことにもなりかねない国家もあるのである。

ついでにいえば、最後まで独裁者であった毛沢東はパーキンソン氏病におかされたと伝えられたが、実際は老耄《ろうもう》の果ての死であったろう。いわゆる四人組対鄧小平の暗闘も、ただうつろな耳に聞くのみで死んだにちがいない。

大権力者は、ボケて死ぬのがいちばんの幸福である。

日本の権力者の引退がわりに淡白なのは、他のさまざまな現象と同じく体質的なものもあろうが、何よりいさぎよく散るのをよしとし、往生際の悪いのを醜いと見る、日本人特有の美学からも来ている、と思われる。

この日本人の「引退の美学」はどこから発生したのかは一考察を要するとして、その当否について私にはちょっと異議がないでもない。

この世には、政界以外の各界にも、天皇とか女帝とかドンとかミスターとか呼ばれる存在がある。

これには尊敬の意味もあるが、揶揄《やゆ》の意味もあるようだが、こういう人物が明らかにその座にふさわしくないと認められるとき、なおとどまっていると、一般には非難される場合が多いのではないか。

ただ、芸能界とかスポーツ界では、容貌なり能力なりが落ちて来ればだれより自分によくわかるので、静かに消えてゆくことが多いが、私はスポーツ、特にショー的な要素を持つ相撲や野球の場合、第一人者でなくなってもすぐに消える必要はないのではないか、と思う。

第一人者でなくっても、三位、四位の力はあるのである。長島、王があと数年、六番バッター、七番バッターであってもよかったのではないか。北の湖も往生際が悪いとずいぶん悪口されたが、関脇、小結、前頭三位四位でもとらせてもよかったのではないか。それ以下の連中はまだゴロゴロしているのに、それ以上見るにたえる力を持った名選手や名力士を引退させるなんて馬鹿げているではないか。フォアグラを三分の一食い残して捨てるようなものだ。歌舞伎のごとき、見るにたえない老優がなお国宝的名優と呼ばれて、いつまでも舞台に立っているではないか。

第一人者が、その力を失っても、なお最後まで残りの力をふりしぼってたたかう姿もまた壮絶な観物《みもの》ではあるまいか。

その点、さきごろの江川投手の引退は早すぎた、といえるかも知れない。しかし彼は、壮絶ではなく残酷な観物になることを拒否して、早ばやと優雅な後半生にはいることを選んだのだろう。まあ、野球界の柳沢吉保というところか。

それはそれとして私が、引退について落花の美学に疑問を呈するのは、右に述べたような凄まじい権力闘争を演ずる外国に、対等に立ち合うためにも、日本のような淡白な習性では太刀打ち出来ないのではないか、と心配するせいもあるのだが——

残虐の美学

日本人は外来の思想、制度、文化、技術、習俗などを、よくいえば大胆不敵、悪くいえば無防備にちかい状態で受けいれてきた民族だが、それでもふしぎに、べつに法律できめたわけでもないのに、なぜか受容を拒否した事象がいくつかある。千何百年もあれほど中国一辺倒できたのに、宮刑と纏足《てんそく》を受けいれなかった。また現代、日常身のまわりを見まわして、西洋生まれでない世帯道具を見つけるのがむずかしいほど洋化した生活をしながら、それでも家の中で靴をはいて暮すこと、風呂もトイレも洋式でありながら、それを同じ空間に設けること、街頭を歩きながら飲食すること、公衆の前で接吻すること、男同士が頰ずりしてあいさつすること、など、むろんやる人もないではないが、どうにも抵抗を感じるのがまだふつうのようである。徳川時代の禁教令、戦前までの共産党弾圧などの例はあるけれど、たいていは国民自体が、寛大な許容範囲の中から、微妙な嗅覚で「合わないもの」を排除してきたようだ。

その「合わないもの」の基準がよくわからないけれど、漠然とした私の感じでは、それは論理的というより、日本人独特の美的感覚によるものが多いようだ。右にあげたいくつかの拒否例は、日本人の美的感覚に「合わないもの」だったのである。ところでこの美的感覚は、日本人のいわゆる残虐行為にも働いているのではないか、と私は思う。

そこで、去年報じられた、太平洋戦争中シンガポールにおいて、日本軍がやったといわれる残虐行為について、感想がある。

日本軍がシンガポール華僑の幼児たちを空中に投げあげ、落下するところを銃剣で刺し殺したという行為だが、それを日本の教科書にのせることの是非はともあれ、そもそも日本軍がそんな行為をほんとうにやったのかどうか、ということが問題になったようだ。

実はこの天人共に許さざる残虐行為は、ずっと以前、東京裁判の法廷でも、南京虐殺事件、マニラ虐殺事件等で、たしか白人宣教師などによって証言されたことがあるような気がする。これも右のシンガポール事件と同様、伝聞による証言であったようだが。——

そのときから私は、何か違和感を感じていた。

別に私は、日本軍による残虐行為を頭から否定する気はない。それどころか、刺突、斬首、強姦、生体解剖、細菌実験、機関銃による大量処刑など、日本軍による残虐行為はおびただしいものであったろうことを認める。

しかし、幼児の空中落下刺殺などという発想は、どうしても日本人として出て来そうにないと感じられたのである。

果然、その後私は、何かの本で——たしかスペイン人によるインカとかフィリピンとかの征服史のたぐいではなかったか、と思うが——その中に、同様手段による幼児虐殺の記述があるのを読んで、ははあ、源流はこれか、と思い当った気がした。ただ、惜しいことに、そのときそう思い当っただけで、その本の書名を忘れてしまったが、白人の世界征服史にはもっと例がたくさんあるのではあるまいか。

おそらく、征服者の残虐を象徴するもっとも強烈なアッピールとして、幼児の空中刺殺というアイデアが持ち出されたのではなかろうか。

とはいえ、実際にあちこちでやったという証言があるのに、それは日本人の残虐「美学」に合わない、などいってみても、水掛論にすらならないことは百も承知の上の、私の一感想だが、同感の人の多いことを信じて疑わない。

世界の加賀百万石へ

思えば一九九一年は大変な年であった。ソ連の崩壊、ノムラの半崩壊（少くとも信用度において）など、年のはじめにだれが予想したであろうか。ある意味でいえば、第二次大戦あるいはその直後よりも驚くべき大事件であったかも知れない。

それなのに日本全体としては、べつになんのパニック騒ぎも起こらなかったのは、それが戦争や飢餓と結びつかなかったからにすぎない。

これほどの大事件を、年のはじめにはだれも予測できなかったのだから、それでなくともふつう人より世事にうとい私など、「ことしの日本はどうなるか」なんてことが予測できるわけがない。

まあせいぜい、「一九九二年は一九九一年のつづきである」くらいのことしかいえない。

一九九一年のつづき、というのは、ソ連破産のあと始末にかり出されることと、それから戦後五十年近くずっとつづいてきた「罪金」事業のそのまたつづきである。「罪金」事業とは私の造語で、第二次大戦に対する謝罪と、現在の世界に対する貢献金のことである。両者は多く融合している。

これについて私の独断的偏見をのべる。

貢献といっても、百二十億ドルの上納金を捧げても、それはムンズと懐《ふところ》におさめながら、プイッとそっぽをむかれて、かえってオタオタしているようなありさまには、どっちもどっち、エエカゲンにせんか、といいたくなる。

謝罪といえば、オランダ女王の来日に際し、第二次大戦におけるオランダに対する日本の罪を謝罪したのはまあいいとして、植民地から解放されたインドネシアの大統領までが、日本の罪を口にしたのには啞然とした。

人間は、いおうと思えばどんな理屈でもいえるものだ。

第二次大戦のあと東京裁判でA級戦犯が処刑され、各占領地でB、C級戦犯も処刑され、関係諸国に賠償金、あるいはその意味の援助金を支払い、その時点時点では向うも納得した金額であったはずだが、その後も時を経るにつれて、謝まれ、謝まれ、まだ謝まり方が足らん、という声はいよいよ高まる。なかには、国としては賠償金を受けたかも知れないが、われわれ個人は一文ももらってはおらん、という声もまじる。甚だしきは、戦前戦中のみならず、戦後の分も賠償金を支払え、なんてのも現われる。

それにまた応じようというのが、日本の総理大臣を決める大老人だから、まったく脳軟化症としか思えない。

最近も、『スカートの風』の著者呉善花女史と、『仮面海峡』の著者深田祐介氏との対談で、

呉「(韓国人は)たとえば日本人に対しては初対面でいきなり『日帝三十六年』という言葉をぶっつけ、その反応を見て判断しようとするわけですね」

深田「そんなことをされたら、ほとんどの日本人は真っ青になって逃げ帰ってしまう」

というような問答があるが、インドネシアの大統領も、とにかく一発かませておくのが日本に対する何よりのあいさつだ、ということを承知していると見える。

脳軟化大将の下に弱卒なかるべけんや、で、日本人は深田氏のいうように一発かまされるとみんな尻に帆かけて三十六計をきめこむようになってしまった。

で、この状態は一九九二年もつづく。それにあけくれることになるだろう。私が思うのに、この「罪金国」日本は、少くとも第二次大戦の記憶を持つ人間がほとんど消滅するまで、つまりあと三十年くらいはつづく。日本が一発かまされるとたちどころに自動支払い機のごとく金を出すかぎり、永遠につづくかも知れない。

ただ一つ、それが無くなる場合がある。それは日本がそんな余裕を失うありさまになったときである。

たとえば日本が二度目の関東大震災に襲われたときだ。

ここ一両年でも五〇％くらいの可能性がある。あと八年、二十一世紀までと考えると七、八〇％の可能性がある。予言しておくが、日本の潰滅時《かいめつじ》、ものの役に立つような救援をしてくれる国は一国もない。

戦後五十年、日本は「罪金国」としての事業はひとまずおいて、確実に迫っている天文学的大災害への用意、備蓄にとりかかるべきではないか。

あとは――そうですな、日本はアメリカに対していかに媚びようといかに力《りき》もうと、しょせんは外様大名である、という天命をよく心得て、せめて加賀百万石的地位をゆるぎのないものとする方向へ、けんめいに相努めるほかはあるまい。これが容易ならん芸当で、前田家は初期のころ幕府にはばかって、殿様は阿呆のまねまでよそおった。

滑稽で懸命で怖ろしい時代

明治元年から二十年ごろに至るいわゆる文明開化時代は、滑稽で懸命で、そして怖ろしい時代である。

よく日本は豹変する国だといわれるが、実はこれは錯覚で、ここ百数十年の間に日本が大転回したのはこの明治初年と太平洋戦争敗戦後の二回だけで、その前は二百五十年の泰平である。ほかの国はもっと頻繁に豹変している。変らないのはイギリスとアメリカくらいなもので、これは戦争に負けたことがなく、かつアングロサクソンは世界一優秀な民族だという確信のためである。

それはともかく、明治初年以来二十年ほどの大変化は、後世から見ても「あれよあれよ」というしかない。なにしろペリーの黒船以来、十五年間攘夷に血まなこになっていた国民が、こんどは西洋文化の波を、これまた夢中で受けいれはじめたのだから。——しかもその先頭に立つ指導者が、ほんのきのうまで攘夷で幕府を苦しめぬいていた薩長の同じ人間なのだから。

藤村《とうそん》は幕末を「夜明け前」と呼んだ。してみれば江戸時代は夜ということになるのだろうが、しかし民衆が西洋文化を憧憬し受容する下地は、維新より百年も前から作られていた。

田沼時代の蘭学者たち、また平賀源内はもとより一見西洋とは無縁な与謝蕪村の句にも、ふしぎにどこか西洋の匂いがある。彼らを文明開化の時代においてもおかしくないどころか、そのほうがふさわしい。松平定信の大反動で田沼時代は葬むられたのだが、そのために幕府の打つ手は百年遅れ、最後に半自滅の運命を迎えなければならなかったのである。

とにかく文明開化は民衆にとって、夜が昼に変ったような異和の世界ではなかったろう。

むろん新政府に抵抗するテロや騒乱は相ついだ。その最大なものはいうまでもなく西南戦争である。が、欧化反対のためのテロや騒乱は、たとえば神風連《じんぷうれん》のごとくその一部にすぎなかったようだ。西南戦争にしても、あれは西郷と大久保の権力争いで、欧化政策とはまあ関係がない。

これらを一掃することによって、新政府はさらに地盤をかためた。
文字通り「外圧」によって開国したのに、民衆は西洋の風俗や物品を好奇にかがやく眼で受けいれた。――ちょうど、敗戦ののちわれわれがアメリカ軍のジープやブルドーザーなどはもちろん、一箱のラッキー・ストライクをも、痛みより感嘆の眼で迎えたように。
大きくは社会制度や思想から、汽車、馬車、小さくは洋服、ランプ、石鹼などに至るまで――高きはお上の興行する舞踏会から、低きは唐人《とうじん》まげに乗馬袴に靴をはいて闊歩《かつぽ》する女学生に至るまで。
銀座に薬屋として資生堂が開店したのが明治五年、木村屋パン店が開店したのが明治十年である。なんとこの時期、ヨーグルトまで売られている。
「チョンマゲあたまをたたいてみれば
因循姑息《いんじゆんこそく》の音がする
ザンギリあたまをたたいてみれば
文明開化の音がする」
という戯《ざ》れ歌が何よりこの時代を物語る。
「上等舶来《はくらい》」という言葉が生まれたのもこのころであった。(現代この言葉が死語と

なったのに、私は感慨を禁じ得ない）

滑稽軽薄といえばわかるが、私はこの好奇心と活気にみち、楽天的な日本人の一面を好もしいものと考える。中国や朝鮮には、こんな有頂天な西洋心酔の時期はない。もっとも大々的なのは、この陣頭に馬をすすめる新政府のあたま株のめんめんである。

まずその大将たる明治大帝だが、大帝と呼ばれるのは主として日清日露の戦争に勝ったからというのがその理由だろうが、明治天皇がどこまで直接これらの大戦役を指導したか不明なので、従って個人的に大帝たるゆえんも私にはわからないのだが、二つばかり、まちがいのない事実として、この天皇は決して凡庸《ぼんよう》な人物ではないと感じることがある。

一つはこの天皇が、西郷隆盛と乃木希典《まれすけ》を特に愛されたことで、この両人は扱いにくいことにかけては最右翼の性格である。こういう難物をとくに親愛されるとは、天皇のほうも決してただものではない。

もう一つは、この明治初期に、天皇の正装を洋服にきめられたことで、天皇自身は右の両人をひいきにされたことや、写真にとられることを一生拒否された——われわれの知っている明治天皇像は、イタリア人画家キヨソネのかいたもので、写真ではない――ことでもわかるように、相当頑固な古風な人であったと思われるが、それがすんで洋服を正装にされたということは、いまからみると当然のことのようだが、なかなか決断を要することである。これこそ文明開化の象徴だ。

この天皇のもとの新政府の大官たちはもっとすごい。

明治五年のマリア・ルース号の中国人の奴隷解放事件、娼妓解放令など、いかにも当時の若い役人の意気ごみをうかがわせる大ヒットといえるが――もっともその後の中国への侵略、遊郭の復活など、たちまちあいまい化してしまうけれど――とにかく、これも文明開化時代ならではの発想にちがいない。

それより私が特に感嘆していることが、いくつかある。

一つは例の岩倉使節団である。

明治四年七月、岩倉、大久保、木戸、伊藤ら政府首脳をはじめとし、若い留学生らを伴って百五十余人を、アメリカとヨーロッパに送り出した。この留学生のなかに十二歳の山川捨松をふくむ五人の少女たちを加えていたのはあっぱれな配慮である。

使節団の目的は、幕末に結ばれた諸外国との条約が甚だ日本に不利なものであったので、その改正を求めるためであったが、この目的はとげられず、一行はひたすら米欧を見学して歩いた。舌をまくのは、これから日本をどうすべきかまるで白紙の状態にあるこの明治初年に、重みからいえば政府の三分の二くらいの人物たちが、二年ちかく外国を見学してまわったというその大胆不敵さである。

しかも彼らは、ほんの数年前まで攘夷のための戦いをくりひろげていた連中なのである。壮絶といえば壮絶、滑稽といえば滑稽きわまる眺めだ。

その彼らは、政治経済はイギリス、軍事科学はドイツ、芸術はフランスと、学ぶべき対象を嗅《か》ぎわける炯眼《けいがん》を持っていた。

彼らは自分たちの姿をべつに壮絶とも滑稽とも思わず、ひたすら懸命であった。

次に私が感心するのは鉄道である。

東京—横浜、大阪—神戸につづいて、三番目に鉄道をつくられたのは日本のどこか？　というとクイズになるが、だれもとっさに正解する人はあるまい。

なんとそれは北海道の幌内《ほろない》炭鉱と小樽港をむすぶ鉄道なのである。明治十四年のことだ。むろんそれが日本のエネルギー源となるからだが、よくまあこの時代、国家にとってエネルギー源がいかに重大事であるかを当事者として見ぬいていたものだ、と感心するのである。

もう一つ感心するのは、大がかりにお傭《やと》い外国人なるものを採用したことである。

政治、産業、学問、芸術等あらゆる分野に教師、指導者として迎えいれたお傭い外国人は総計三千人に上るといわれるが、その大半はこの時期であった。しかもただで「技術移転」を願うのではなく、給料その他の待遇は至れりつくせりで、日本の総理大臣以上の給料をもらった例も少なくなかった。だからお傭い外国人といっても知識人格、きわめてすぐれた人物が多かった。

そのお傭い外国人の一人として明治九年来朝したドイツのドクトル・フォン・ベルツは故国の友人に書いている。

「現代の日本人は、自分自身の過去については、もう何も知りたくないのです。それどころか教養ある人々はそれを恥じてさえいます。『いやはや、何もかもすっかり野蛮なことでした』と、わたしに言明した者があるかと思うと、またある者は、わたしが日本の歴史について質問したとき、きっぱりと『われわれに歴史はありません。われわれの歴史はこれからやっと始まるのです』と断言しました」

後世からみると、明治はこの混乱期の開化時代のほうが、諸制度がかたまり、かつ大戦役に連勝した後半よりも明るく感じられるのだが、その理由の一つに、指導者がみな若かったということがある。

明治元年。

西郷隆盛四十二歳。大久保利通三十九歳。木戸孝允三十六歳。福沢諭吉三十五歳。

山県有朋三十一歳。渋沢栄一二十九歳。伊藤博文二十八歳。大山巌二十七歳。この若い人々が新しい日本の骨組みを作っていったのである。

この混乱期に、若い指導者たちは、打つべき手はぬかりなく打っている。

彼らより年長の人間たちは、この時代使いものにならなかったのだ。実は西郷さえ、その気味がある。——それは太平洋戦争後、老人たちがみな追放されて、日本の復興が比較的若い人々の手にゆだねられて成功したのと事情を同じくする。国家というものは、戦争に負けなくても、定期的に老人追放令を出すべきかも知れない。

——ただ一つ、私が以前から首をひねっていたのは、徳川期、江戸の七、八割は大名屋敷と寺社であった——すなわちほとんど空地だらけといっていい町を、どうして西欧にならって近代的都市計画をたてなかったのだろう、ということであった。

ところがやはり、やるべきことはやっていたのである。新政府は明治五年ごろから、銀座をパリ、ロンドンに匹敵する町並にしようとして、イギリス建築技師の設計のもとに大煉瓦街を作りあげたのである。が、さすがにこれは当時の日本人は肌が合いかねて、商店はおろか住むことさえ敬遠する者が多く、銀座煉瓦街は十年ばかり化物屋敷街と化した。また資金も不足した。やはりこれだけは時期尚早であったのだ。

が、それでも明治十五年ごろになると、銀座はガス燈をつらねる大繁華街となった。

そして、十六年、その一画といっていい場所に鹿鳴館が作られ、文明開化の猿真似はここにきわまったかに見えた。

当時の日本人の猿真似の滑稽さは、明治十五年に来朝したフランス人画家ビゴーの諷刺漫画によって、むざんなばかりに描き出される。

が、鹿鳴館のらんちき騒ぎも、日本を西欧なみの国家として認めてもらいたいという政府の必死の苦肉の策であったのだ。

「世界列強に伍す」というのが、黒船以来の最大の日本の悲願であった。

鎖国の夢をレイプ的にさまされた日本人が眼前にしたものは、黒船の威力と、ほとんど植民地化されたアジアの姿であった。この衝撃は以後の日本人の骨の髄までとらえた。そして日本人の頭に充満したのは「世界列強に伍するには、自分たちも黒船を持たなければならない。植民地を持たなければならない」という固着妄想であった。

明治六年、いちどは征韓論を斥《しりぞ》けながら、翌年日本は台湾に出兵し、そのまた翌年にはペリーそっくりに威嚇をもって朝鮮に開国を迫っている。文明開化に浮かれながら、同時期に日本は以後の大侵略のリハーサルをやっているのである。その果てが太平洋戦争であった。

明治十年、ベルツに向って日本の青年が昂然といった「これから始まる歴史」がいかなるものであったか、その歴史自身が物語る。

Edo は美しかったか

現代日本を覆いつくさんばかりのカタカナ語の流行は正気の沙汰ではない、と考えている私だが、思い出してみると、ずいぶん前に「エドの舞踏会」という小説を書いたことがある。もっともこれは、明治前期来朝したフランス人作家ピエール・ロティが、鹿鳴館の舞踏会を「エドの舞踏会」と呼んだからだが、私自身エドという呼び方を面白く思う心もあったからで、いまのカタカナ語を笑う資格はないかも知れない。

以前はむろん、江戸とは古めかしい名だと思っていたが、いつのころからか、江戸という名は東京よりもっと美しいように感じてきた。ご一新のとき東京などという、新しいけれど殺風景な名に改めなければよかったと思う。ハイカラぶって Edo と書けば、これに関するかぎり字づらの印象はさらに美しい。

そうそう呼び方といえば、いちばんイヤな呼び方があった。「帝都」だ。以前からあったかも知れないが、戦争中はこの呼び方一色だったような気がする。東条首相なども「御稜威《みいつ》の下《もと》、帝都の防空態勢は磐石であります」など演説したのではなかったか。要塞のようにものものしい、仰々しい「帝都」は、正味二、三度の空襲で焼野原と化してしまった。

ところで、これはただ私だけの語感のいたずら話だが、さて、ほんものの江戸という昔の都市は美しかったか、どうか。

広重の「名所江戸百景」以下の浮世絵を見ても、絵そのものは面白いと思うものもあるけれど、浮世絵独特の構図とかトリミングとか色彩があって、果してこれがほんとうの江戸風景だろうかということになると、その点全幅の信頼をおきかねる。

また日本橋や浅草、深川などの、にぎやかさはさることながら、江戸の七、八割は大名屋敷、旗本屋敷、神社仏閣だったはずで、それらはそれぞれ何万坪、何千坪とある。繁茂する樹木、雑草の手入れだってたいへんだ。

果然、幕末の江戸、明治初年の東京を写した風景写真を見ると、どういうわけかみなあまり人影がなく、ひどくわびしい、荒廃感すらただよわしたものが多い。

荷風は「日和下駄」で江戸を讃美しているが、それは滅んだ江戸、消えゆく江戸への哀歌でもある。これを読み、右のわびしい写真を見ると、江戸末期というのはほとんど冥府《めいふ》的景観を呈していたのではないかとさえ思われる。

同時代の文章でも、江戸の美しさをたたえたものは印象にうすい。まれにあっても、「四海波静まり、松が枝も鳴らさぬ……」というような紋切り型の表現であったり、漢語特有の誇張にみちたもので、これまたどこまでこれがほんとうかと首をかしげる。

これが西洋だと、町を讃える文章はきびすを接する。むろんパリはその代表だ。「シャンゼリゼーは日の光と群衆とに満ちて、かがやきと砂塵のみであった。その二つこそ光栄を形造るところのものである。

マルリーの駆ける大理石の馬は、黄金の雲のなかに躍りあがっていた。四輪馬車がゆききしていた。はなやかな親衛騎兵の一隊は、先頭にラッパを鳴らしてヌイイー大通りを下っていった。夕陽にややバラ色に染まった白い旗が、チュイルリー宮殿の円屋根の上にひるがえっていた。

当時ふたたびルイ十五世広場と呼ばれていたコンコルド広場は、満足げな散歩の人々でいっぱいであった。多くの人々は、銀色の百合の花を波形模様の白リボンに下げて身につけていた。ところどころに円形に集まって喝采している通行人のまんなかに、輪舞《ロンド》の娘たちが、当時名高かったブールボン派の歌を唄っていた。（中略）すべてがよろこびにかがやいていた。ゆるぎなき平和と、王党のたしかな安全との時代であった。」

これはユゴーの『レ・ミゼラブル』の一節で、一八一七年のパリの光景である。日本でいえば文化十四年、将軍家斉の時代だ。

これ以外にも、「わが麗しのパリよ！」という讃歌は、フランスの詩や小説にかぎりもなく見たような気がする。おそらくあらゆるヨーロッパの首都に同様の表現が見られるだろう。

これに匹敵するような美への讃歌が、江戸に捧げられているのを見たおぼえがない。鷗外は明治中期の東京を「いま普請《ふしん》中だ」といったが、東京はいつまでたっても普請中ではないか。……

と、思っていたら、たまたま一つの文章を見つけた。

日本人の書いたものではない。一八五九年（安政六年）来日したイギリスのオールコック総領事の『大君《たいくん》の都』である。大君とは徳川将軍のことで、「大君の都」とは江戸のことだ。

「もし江戸に、身分の高低を問わず、数多い軍事的な家臣とか大君の役人階級が存在しないとすれば、ここは極東においてもっとも快適な住宅地のひとつになり得るだろう。喜望峰以東では、これほどよい風土にめぐまれている国はない。

首都それ自体は、周囲が二〇〇マイルのひろさで、人口は約二百万である。だが、この首都には、ヨーロッパのいかなる首都も自慢できないようなすぐれた点がある。それは、ここが乗馬をするのに非常に魅力的な土地だということである。

その都心から出発するとしても、どの方向に向ってすすんでも、樹のおいしげった丘があり、常緑の植物や大きな樹でふちどられた、にこやかな谷間や、樹蔭の小道がある。しかも市内でさえも、とくに官庁側の城壁沿いの道路や、そこから田舎の方向へ向って走っている多くの道路や並木道には、ひろびろとした緑の斜面とか、寺の庭園とか、樹木のよくしげった公園とかがあって、目をたのしませてくれる。このように市内でもたのしむことができるような都会はほかにはない。この風景と太刀討ちできるのは、イングランド地方の生垣の灌木の列の美しさぐらいなものであろう。

一方、東洋的な太陽がほとんど一年中、晴れた空から万物の上に光の洪水をそそぎかけて、アーチ型をなしている樹々から、たえず上下に変化する模様窓格子《もようまどごうし》の絵のような濃い影をつくり出しては、われわれを驚喜させる。これが、ながい夏から晩秋に至る間に、江戸とその周辺に見かけられる風景である」（山口光朔訳、岩波文庫）

ユゴーの描いたパリから四十年ほどのちの江戸の光景で、さすがにパリのきらびやかはないが、これはこれでみごとに牧歌的な田園都市ではないか。……

われわれは大江戸八百八町などといって、ふつう江戸といえば殷賑《いんしん》な下町の光景を思い浮かべるが、大名屋敷や神社仏閣が七、八割をしめる江戸の一面はこのような姿であったにちがいない。一面ではない、全体としてこうであったのだ。Edo は美しかったのだ。ただし、田園都市的に。

安心した。

しかし、静かであったろうなあ、昔の江戸は。

荷風は「静寂の美」を保っていた江戸市街が、ペンキ塗りの看板や、痩せ衰えた並木や、無遠慮に突き立っている電信柱と目まぐるしい電線にけがされつくした大正初年の東京を憎んだ。その荷風がいまの東京を見たら何というやら。

その「日和下駄」の時代から八十年たって、眼のけがれとする右のような風景が東京からまったく消えていない、どころかほとんど同じであることにわれわれも驚く。

そうはいうものの、江戸の町も文化文政の世ともなれば爛熟の一世界を持っていたことは疑えない。

日本の文化は、いうまでもなく歴史の各地層の上に立ったものではあるけれど、そのなかでももっとも後世に影響を及ぼしたのは室町時代と、江戸の、それも文化文政時代の文化であるといわれる。

大ざっぱにいえば、室町の建築、庭園、能、茶などの貴族文化、文化文政の浮世絵、歌舞伎、祭、年中行事などの庶民文化だろう。

私が面白いと思うのは、室町時代といえば下剋上の混沌の渦で、将軍の眼中には民衆などなく、文化文政もまた大御所家斉は四十人の愛妾に五十五人の子供を作るというような度はずれの悦楽にふけっていたというのに、その両時代が日本独特の二大文化を作ってしまったということだ。

つくづく文化というものは、政治や権力とは無縁なものだということがわかる。再考すれば、前者の下剋上とは見方を変えれば民衆の勃興を意味し、後者の超太平は大御所にならって江戸人の大半が春画的逸民に変身した結果だといえるかも知れない。

文化文政の世に生まれ変れるなら、私なども馬琴先生の――いや、馬琴は少々おっかないから、十返舎一九先生か為永春水先生の弟子かとりまきの一人になって、山谷《さんや》橋の八百善にでもお供して、「この江戸前のスダコはオツでゲスな」と太鼓をたたいていたい気がしないでもない。

実はこのエッセイは、東京より江戸に生まれたほうがよかった、と感じられる種々相を、呼称を手はじめに書き出したつもりなのだが、正直にいって、いくらなんでも、現代のほうが暮し易いことはいうまでもない。

江戸に生まれ変ったとしたら、いちばん困惑するのは刑罰のきびしさだ。

さっきオールコックの書いた安政六年の江戸を紹介したが、安政六年といえば、前年からはじまった大獄の始末として、橋本左内や吉田松陰などが処刑された年なのである。

牧歌的江戸の裏側ではこんな大惨劇が進行していたのである。もっともオールコック自身、江戸を喜望峰以東最良の都市と賞揚するについて「もし数多い軍事的な家臣とか、大君の役人階級が存在しないとすれば」という条件をつけている。それは現実に存在していたのである。

橋本左内や吉田松陰たちは伝馬町の牢屋敷で処刑されたのだが、江戸にはほかにも品川の鈴ヶ森や千住の小塚原でも斬罪が行われた。

江戸時代この小塚原で斬罪に処せられた者だけでも、実に二十余万人に上るといわれる。年平均約四、五百人。何しろ十両以上の金を盗めば首が飛んだというのだからたまらない。鈴ヶ森、牢屋敷で処刑された者を加えるとどれほどになるだろう。

文化文政はおろか、二百五十年という世界でも類のないながい泰平は、裏面ではそれを支えるこんなおそろしい事実があったのだ。

処刑されれば首は獄門にかけられる。ほとんど毎日、そこへゆけば何十という生首がズラリとならんでいるのが見られるのだ。

さきごろ信州小布施《おぶせ》の町へいって北斎館にはいったら、北斎の描いた生首の絵があって、一見して背すじに粟を生じた。北斎はこれを空想ではなく、ほんものを見て描いたのである。

ああいう生首のほんものが常時陳列してあるとは、見にゆかなくったってたまらんことです。もっとも人間はいかなる事態にも馴れるものである。江戸人は平気でそれを見て、同じ目で歌麿の春画によだれをながしていたのだろう。

しかし、現代のように殺人も三、四人くらいやらないと死刑にはならない、たとえ死刑の判決を受けても執行はされないというシマリのない世のなかになると、江戸時代のほうが法の世界としてまっとうで、キッパリしているかも知れない。死刑反対というとヒューマニズムのようにきこえるが、地上のあらゆるものを信じきっている幼児を誘拐殺人した人間まで死刑にならないというのはどうかしていると思う。

江戸時代は死罪に至らない囚人は、「タタキ」という刑に処した。

牢屋敷の門前で、それらの囚人を下帯一つにし、筵《むしろ》の上にうつ伏せにして四肢をおさえ百回たたくのである。もっとも、死に至らないように棍棒ではなく、藁をカンゼヨリで巻いたもので打ったという。

これなど復活させたらどうだろう。

ただし、適用者は、収賄した政治家と役人にかぎる。

ぶち手は一発百万円を、そなえつけの箱に納めることとし、そのアガリは国際コーケンにあてる。百発で一億円となる。百万円は集団醵金も可、またぶち手は、代行者に依頼することも可とする。

私は是非曙関におねがいしたい。たとえワラでも、これはだいぶキキますぞ。

やっと江戸への復活が望ましいタネを一つ発見した。

わが鎖国論

不法に日本に流入してくる外国人労働者があとを絶たない。観光ビザではいってきて、そのまま居残ってしまったり、ボロ船に満載されて闇夜日本のどこかに上陸する連中は、いまや何十万人かに達するという。

これをどうとり扱うかについていろいろ議論があるようだが、年とってガンコになったせいか私は、この不法入国者は極力排除するという政府の方針は一応妥当なものだと考えている。

日本の現在の法律を無視して、ウミガメの大群のごとくガサガサと潜入してこられるのも困るが、もっと長い目で見ての判断である。

いったい土地狭小で何の資源もない日本がどうして世界有数の経済大国となり得たか、それは日本人の能力もあろうが、ほぼ単一民族であるということがきわめて大きいと考える。

いまも地球上で内戦状態の国が飛び火のように発生している。その原因のほとんどが、一国でありながら人種、宗教、習俗を異にすることから来ている。この悶着は果てしなく、容赦なく、救いようがない。国のエネルギーをおびただしく殺《そ》ぐのみならず、亡国の運命にさえ追いこむ。

闇夜這い上ってくる群もある程度数がまとまれば、それぞれ集落を作って自己増殖をはじめる。故国から血縁者を呼び、それはやがて何十万人かの大塊となる。

そもそもいま東南アジアにいる華人の一部も、こういうやりかたでひろがっていったのではないか。

日本はこの不毛な足かせがないからこそ、何とか一流国に伍することができたのだ。いまいっときの同情やヒューマニズムに眼をふさがれて、そんな将来の大悶着のたねを背負いこむのは愚劣のきわみだ。

——というのが、不法入国に関するかぎりの、私の一応の鎖国論であった。

鎖国といえば、徳川幕府の鎖国の目的は、要するに将軍以外に日本を支配するおそれのある切支丹を排除しようとすることにあったのだが、事実当時のポルトガルやイスパニアはバテレンを露ばらいに、あわよくば日本も植民地にしようという下心があったのだから、あの鎖国は賢明な政策であったというのがいまの定説らしい。

しかし私は、信長なら鎖国なんかやらなかったと思う。

天衣無縫の秀吉さえあごで使った信長だ。信長に少くともあと十年のいのちを貸してやったなら、彼は逆にバテレン、南蛮船などを利用して、彼のほうから外へ——南の方へ出ていったような気がする。「侵略」などという言葉もまだない時代の話である。

そして、鎖国を経験しない日本人は、まったくちがった民族となったかも知れない、とさえ考える。およその死によって日本の運命を変えたこと信長にまさる者はない。思うに光秀はつまらないことをしたものだ。

話が飛ぶようだが、日本人は一流民族に近いところにいることはたしかだが、完全に一流とはいえない重大な欠陥が少くとも三つあると思う。

第一は、よくいわれるがオリジナリティのなさだ。

いま近代戦を戦える武器、近代生活を成り立たせる電化製品、そのすべてのモトはあちらの作り出したものである。日本はそれを仕入れてミガキをかけるだけだ。戦後五十年もたち、一億三千万の人間が飽食していて、いま全世界を幸福にしている無数の発明品の、せめて一割くらいは日本人の独創によるものであっていいと思うが、それがほとんどないとはふしぎというより異常である。

これは徳川時代鎖国して、日本人すべてがまるくかたまって、突出する者は村ハチブにする。妙なものを発明すると牢屋に入れたりした名残りがいまにつづいているせいではないか。

第二は、都市の建造についての無能だ。特に都市の美観というものに対しての鈍感さだ。東京など都心部でもヨーロッパの地方都市に劣る。

イギリス、フランス、ロシアなど、それぞれの国の匂いを持つ都市をアジア各地に残したが、日本は何十年もアジアに進出していて、そんな町はどこにもない。放っておくと百年たっても同じことだろうから、この際アメリカやヨーロッパの建築家を呼んで、彼らのセンスで作り直してもらったらどうかと思う。そのための資材はすべて彼らの国から輸入し、労働力は期限つきでアジアや南米から傭いいれる。この都市改造には少くとも百年かける。これなら貿易摩擦も不法入国も吹きとんで、双方ともに肩をたたき合える状態になるのではないか。

——だんだん「鎖国論」が怪しくなってきた。

第三に、異民族の掌握力のなさである。

掌握力などいったら悪いか。親和力というべきか。アジア諸国に対する戦争中の日本軍の暴行について総理大臣があやまるのはいいが、そのアジア「諸国」は当時は白人国の植民地だったのである。それら植民地における白人の暴行は日本などよりはるかに規模が大きく、かつ長期にわたっている。しかるにそれらの旧植民地からは、かつての支配者を心情的に「旧宗主国」と見る眼がないわけではないのに、日本を旧宗主国と見る地域など一国もない。

これは日本軍の暴行もさることながら、それ以前に、もともと日本人が異民族の扱い方を知らなかったからだ、と私には思われる。またその点における日本人のぶきっちょさは、戦前戦中のみならず、日本人が大挙して海外旅行に出かけるようになった戦後のいまでもつづいているように私には思われる。

やはり徳川期の鎖国の習俗はまだぬぐいきれていないと見るしかない。

この弱点から脱却するには、極力異民族と接触するのがいちばんだ。それも海外旅行のように一過性に接触するのではなく、すべからく異民族の流入を認めて日常肌で接触するのが何よりの学習となる。あの闇夜這い上ってくるウミガメの大群をありがたい出張教授だと受け入れるにかぎる。

ありゃりゃ、鎖国論は飛んでいってしまった。

III 歴史上の人気者

歴史上の人気者

歴史上の人物の人気を測定する目安はいろいろあるだろうが、その人物について書かれた伝記、評論、研究の「量」によって見るのも一つの――おそらく極めて有力な――方法ではないかと思う。

ここに、法政大学文学部史学教室が作った「日本人物文献目録」（昭和四十九年平凡社刊）という本がある。

明治初年から昭和四十一年まで――つまり明治以来約百年間――に刊行された図書、雑誌の記事から、日本人の伝記に関する十数万の文献を収録したもので、つまり、ある人物についてどんな書物や研究が書かれているか、これを調べればわかるようになっている。B五判（週刊誌大）一二〇〇ページの大冊で、内容は四十三行三段組で出来ている。

これに採録されている人物は三万余人。

これらの人物の文献を、ただ「量」の点だけから見ようと思う。

ただし、この書物に、すべての文献が完全に遺漏なく収録されているとはいえないし、また文献の長短も質も千差万別だ。かつ右に述べたように、これはあくまで昭和四十一年までの蒐集で、それ以後のものを加えると結果に変動が起るにちがいないが、そういう条件をのみこんだ上で見れば、やはり「その人物がどれほど興味の対象になっているか」ということの大体の目安にはなるだろう。

そこで、その文献の量を勘定して見ることにした。

大体三段以上、すなわち一ページ以上にわたっている人物だけをあげる。大体というのは、四十三行未満の場合は四捨五入することにしたからである。

さて、三段位は――

大伴家持、山上憶良、清少納言、和泉式部、藤原俊成、源義経、源頼朝、源実朝、織田信長、狩野探幽、俵屋宗達、水戸光圀、中江藤樹、熊沢蕃山、契沖、白隠、平賀源内、司馬江漢、大塩平八郎、東洲斎写楽、伊能忠敬、高野長英、橋本左内、坂本龍馬、勝海舟、中江兆民、板垣退助、高山樗牛、岩野泡鳴、小泉八雲、徳富蘆花、原敬、島木赤彦、小林多喜二、若山牧水、伊藤左千夫、泉鏡花、西園寺公望、西田幾多郎、菊池寛、横光利一、高村光太郎、高浜虚子、吉田茂、川端康成、中野重治、小林秀雄。

四段位は――

柿本人麻呂、紫式部、菅原道真、兼好法師、千利休、本阿弥光悦、上田秋成、谷文晁、田能村竹田、松平定信、高山彦九郎、佐藤信淵、尾崎紅葉、幸徳秋水、渋沢栄一、木下尚江、長塚節、与謝野晶子、萩原朔太郎、北原白秋、幸田露伴、河上肇、宮本百合子、徳田秋声、堀辰雄、佐藤春夫、正宗白鳥。

ついで、五段位は――

神武天皇、藤原定家、楠木正成、徳川家康、山鹿素行、円山応挙、喜多川歌麿、滝沢馬琴、佐久間象山、北村透谷、国木田独歩、伊藤博文、乃木希典、有島武郎、内村鑑三、坪内逍遥、片山潜、宮沢賢治、太宰治、谷崎潤一郎、志賀直哉。

神武天皇なんて、実在の有無もあいまいな人物について、よく五段分の文献が書かれたものだとふしぎ千万だが、これは大半戦前の文献だろう。山鹿素行なども、いまなら五段位にはいれそうにない。

次に六段位は――

世阿弥、尾形光琳、新井白石、賀茂真淵、安藤広重、樋口一葉、二葉亭四迷である。

七段位は――

最澄、西行、近松門左衛門、池大雅、良寛、葛飾北斎、頼山陽、明治天皇。
八段位は——
雪舟、豊臣秀吉、井原西鶴、吉田松陰、西郷隆盛、芥川龍之介、斎藤茂吉、永井荷風。
九段位は——
法然、一茶、二宮尊徳、島崎藤村。
十段位は——
道元。
さて将棋ならこれ以上の段位はないが——。
十一段は——
与謝蕪村、渡辺崋山。
十二段は——
空海、福沢諭吉、正岡子規。
十三段は——
本居宣長。
十四段は——

森鷗外。

十五段、十六段は欠位。

十七段は——

聖徳太子、夏目漱石。

十八段は——

日蓮、石川啄木。

なんと石川啄木は鷗外、漱石をも抜いているのである。そして、「男とうまれ男と交《まじ》り負けてをりかるがゆゑにや秋が身に沁む」「友がみなわれよりえらく見ゆる日よ花を買ひ来て妻としたしむ」と歌った啄木は、この目録全体から見ても第三位にある。

あとは飛んで二十三段。

松尾芭蕉。

そして、パンパカパーン、最高位の二十五段は、

親鸞。

親鸞はえらい人にはちがいなかろうが、これが最高位とはちょっと意外であった。

しかし、これによって見ると、大体において、魂のありどころ、精神の慰謝となる人物ほど人々の関心のまととなるという厳粛な事実が浮かびあがる。権門富豪何かあ

らんやだ。

それはとにかく、これでは歴史上の著名人物はみんなはいってしまいそうだが、数えてみると百三十六人である。三万余の中の百三十六人である。

だから三段以上を目安とすると、当然はいっていそうな、宮本武蔵、大久保利通、山県有朋、東郷平八郎、野口英世、山本五十六、近衛文磨、東条英機、徳富蘇峰、柳田国男、吉川英治、大佛次郎なども失格している。

お笑いぐさまでにいうと、この三万人の中には山田風太郎までチョコナンと顔を出しておりました。ただし、タッタ二行。

なに、当人としては笑う必要はない。音に聞えた田中角栄氏もこの時点においてはわずかに九文献、池田大作氏もただの五文献でありました。

善玉・悪玉

あまりかんばしくない容疑で注目されている人物が、逮捕前にテレビや新聞のカメラに包囲されて逃げるに逃げられず、レンズを手でふさいだりコーモリ傘をふりまわして大あばれするのがまたテレビにまざまざと映し出されることがある。

それを視聴者は、ゲラゲラ笑って見ている。対象が大脱税者であったり大汚職者であったりすることが多いので、ちっとも同情を感ぜず、心中快哉を叫んでいるのだ。

そして、できれば十日に一回くらいこんな光景を見たいものだと思っている。

映された方は、たとえ逮捕されなくても大打撃を受ける。何ヶ月かたって何かのはずみにその近況が週刊誌のグラビアなどに出ると、別人のようにやつれはてているのでそれがわかる。

これが、世間が押す悪のレッテルである。そしていったんレッテルを貼られると、なかなか剝がしてもらえない。幼児にアニメを見せると、「どっちが善えもん？　悪いもん?」とすぐきく。大人も似たようなもので、いったん善悪を決めるとその評価を変えると混乱をきたすので、レッテルを変えないのである。

いわんや、歴史上の人物においてをや。

史上には、はじめから善悪がきまっているようないくつかの組合せがある。源頼朝と源義経、足利尊氏と楠木正成、真田幸村と徳川家康、吉良上野介と大石内蔵助、等、等。

が、この世に完全な善人もいなければ、完全な悪人もいるはずがない。両者争うにはどちらにもそれ相応の理屈があるはずだ。

そこでこれを訂正した小説を書いた何人かの作家もあったが、完全に訂正できたとはいいがたい。これを完全に訂正するには超人的な才能と渾身の努力を必要とし、果してそんな訂正の必要があるのか疑いを招来するほどである。

近いところでは、山本五十六 vs.東条英機の対照がある。

いまも国民の胸に描かれているご両人の像は、善悪とはいわないまでも明と暗に分れていると思われるが、開戦の断を下した東条と真珠湾奇襲の第一撃を加えた山本は、同罪だと思う。

「東条は一生懸命仕事をやるし、平生云つてゐることも思慮周密で中々良い処があつた」(『昭和天皇独白録』)

戦後になっても昭和天皇はなおこれほど東条に信頼の言葉をもらしているのに、国民の東条に対する評価は変っていないようだ。

武将の死因

武将の死については、戦国時代の名医曲直瀬道三《まなせどうさん》（二代目＝一五四九～一六三一）の著わした『医学天正記』に、数々の例が示されている。豊臣秀吉や蒲生氏郷《がもううじさと》などの病症や治験例はつとに有名であるが、ここでは諸記録から推測してみた各武将の死因について述べてみたい。

戦国武将として、なかば宿命的な戦死（武田勝頼）、敗者としての処刑（石田三成）、政略的に追い込まれての詰め腹《つばら》（豊臣秀次）、裏切りによる横死《おうし》（織田信長）などはもとより、無事に畳の上で往生をとげた人々も、かつては天下の運命を左右したほどの人物であれば、その死はそれぞれドラマチックである。

秀吉は、文禄四年（一五九五）当時から咳気《がいき》をわずらい、神経痛の気味もあり、小便の垂れ流しなどやることがあったという記録がある。そのころ彼は六十歳にもなっていないから、その肉体の急速な老廃ぶりを知るべきである。そして彼は、慶長三年（一五九八）五月五日、本格的に発病した。六十二歳である。『日本西教史』によれば「太閤は一種の痢病《りびよう》にかかり、諸医官もはじめは軽症として深く心を労しなかったが、六月下旬からようやく病加わり、八月五日になって、ほとんど二時間気絶して人事不省の危篤《きとく》におちいり、諸人はじめて大いに驚き、心痛した」とある。これは太陽暦だから、八月五日は日本の暦で七月二日にあたる。

直接の発病原因は下痢であるが、腎虚《じんきよ》という非医学的な説も唱えられたほど憔悴《しようすい》ぶりが激甚《げきじん》であった。咳《せき》がはなはだしかったというから、老人性結核か？　しかし、むしろ肺癌《はいがん》ではなかったかと思われる。そして彼は、愛児の悲劇的運命への予感におびえつつ、八月十八日（太陽暦では九月十五日）午前二時、波瀾万丈の生涯を閉じた。

秀吉の肉体が異常を呈しはじめた文禄四年といえば朝鮮役四年目であるが、しかもなお彼はこれから三年間、戦争を継続している。その死に至るまで日・韓・明の数千万の人間がこの老廃の一人物の意志に引きずり回されてどうすることもできなかったのである。その死がドラマチックだというゆえんだ。

秀吉は若いころからとくに健康に留意したという形跡はないが、家康は細心であった。唯一の趣味といっていい狩猟も、愉《たの》しみというよりはっきりと健康を意識してのことで、食事も多食美食を自ら節制した。

その家康が、最後は食い過ぎで命を落としたというのは悲喜劇的である。すなわち彼は元和二年（一六一六）一月、七十五歳のとき、駿府《すんぷ》に伺候《しこう》した豪商の茶屋四郎次郎が、たまたま献上された甘鯛《あまだい》を得意の南蛮《なんばん》料理（ニンニク入りの一種のフライ）にして供したのをうまがって食い過ぎ、猛烈な下痢を起こして、ついに回復することなく四月十七日に死んだのである。

秀吉の人生前半に、その軍師として指導した竹中半兵衛は、結核で秀吉の播州陣《ばんしゅうじん》の際に陣没している。後年、あまりきれすぎて秀吉に一服盛られたのだという説が出たくらいだが、年わずかに三十五歳。ほんとうに結核で死んだものと思われるが、いかにも若き軍事的天才の病死らしい。

秀吉のもう一人の軍師黒田如水は、慶長九年（一六〇四）に五十九歳で死んだが、その病名をつまびらかにしない。しかし、その死直前の行為について、はなはだおもしろく感じていることがある。それは家来のすべてから心服崇敬の限りをつくされていた如水が、死期迫るにつれて荒々しくなり、無理なことを言ってあたりちらすようになったのを怪しまれたが、あるとき彼は腹心にそっと、

「おれが死んで、みながほっとするようでなければ、倅《せがれ》があとを継いでもうまくいか

ぬわい」

と打ち明けたので、はじめてその遠謀がわかったというのだ。

梅毒《ばいどく》で有名なのは、家康の次男の結城《ゆうき》秀康《ひでやす》だ。加藤清正にも毒殺説と並んで梅毒説があるが、秀康の場合は鼻が落ちて人工の鼻を作ってつけていたというから、舞台の上の日本製シラノ・ド・ベルジュラックか。

秀康や清正なら勇猛無比の武将だから、あるいはと思われるところもあるが、家康の大参謀で質実深沈たる本多《ほんだ》佐渡守《さどのかみ》正信《まさのぶ》がやはり梅毒でやられて、最後は頬の肉が落ち口中が見えたというから、スピロヘータ・パルリダも皮肉なことをやる。しかし、如水、いや大御所の家康でさえ梅毒にかかったこともあるというから、本多正信もたとえ梅毒であったとしても恥じるには及ぶまい。

変わったところで有名なのは、癩病《らいびょう》の大谷刑部《ぎょうぶ》である。石田三成への友情のために敗北を覚悟の上で関ケ原に参陣したこの癩将は、しかしむしろみごとな死所をつかんだというべきであろう。

武将の死には、肺癌・結核・脳溢血《のういっけつ》・癩・梅毒・食中毒と、めぼしい病気はたいてい登場している。現代で死因の高位を占める交通事故はさすがにないが、しかし織田信長の死などは、考えてみると戦国の世の大交通事故のようなものではあった。

一休は足利義満の孫だ

本紙（編註「毎日新聞」）に連載した「柳生十兵衛死す」は、二人の柳生十兵衛が能をタイム・マシンとして、江戸慶安の時代と室町応永の時代を相往来するという荒唐無稽な物語だが、そのなかにさしはさんだ「一休は足利義満の孫」説は、必ずしも荒唐無稽な想像ではないと思われるので、小説を未読の方もあろうし、その部分だけを再説したい。

一休が第百代（この天皇の代数は「読史備要」による）後小松天皇の子であることは早くから種々の一休伝に書かれていた。

それについていくつかの証拠があり、一方でそれは一つの貴種流離譚にすぎないという説もあるが、最新の「国史大辞典」（吉川弘文館）の「一休宗純」の項には「後小松天皇の皇子。母は南朝の遺臣花山院某の女」と明記してあるから、もはや一休を後小松天皇の子と断定してもいいのだろう。

問題はこの父、後小松天皇の出生についてである。この天皇の生母は上臈《じようろう》三条嚴子である。

ところで臼井信義氏の「足利義満」（吉川弘文館「人物叢書」）に次のごとき記述がある。

「永徳三年（一三八三）二月一日、上皇は刀背をもって、上臈三条嚴子を打擲された。（中略）上臈は去年年末に御産をされ、上皇からその後帰参を促されたが、その帰参が遅れたための御腹立であろうという」

この上皇は後小松の父、北朝第五代の後円融である。上臈三条嚴子は御産のため実家の三条家に帰っていたのだが、産後二カ月たっても仙洞御所に帰らなかったというのである。

この騒ぎの直後、嚴子の兄三条実冬は花の御所の義満のもとへ、息せききって急報している。

これについて海音寺潮五郎氏は「悪人列伝・足利義満」にいう。

「臼井氏は真相はつまびらかではないと言っているが、これは想像説など発表してはならないという学者的用心からの言で無理はないが、作家であるわれわれにおいては、これは想像も推理も要することではない。明々白々たる事実として目の前に浮かびあがってくるものがある。

三条嚴子はなぜ帰参をおくらかしたのであろう。単に帰参がおくれたくらいで、人もあろうに上皇という高い身分にある方が、抜刀して棟打《むねうち》されるほどに激怒しての折《せっ》檻《かん》はただごとではない。嚴子の兄実冬はなぜわざわざ義満のところへ行ってことの次第を説明しなければならなかったのであろう。三条嚴子は義満と姦通していたと断ぜざるを得ない」

このとし、義満は二十六歳、後円融上皇も同年である。

この椿事のすぐまたあとで、別の上臈もあわてて出奔する騒ぎを起こしている。このほうは臼井氏は明確にいう。「これは義満との密通の疑いにより上皇の怒りにふれたためである」

もう、めちゃくちゃである。義満は、北朝を作ったのはわが足利だという事実のみならず、幼時からの帝王教育のゆえもあって、宮廷の花々を手折るのにわが家の庭同然の傍若無人ぶりをほしいままにしていたのである。

このとき天皇はわずか七歳の後小松であったが、海音寺氏はこの幼帝も義満の子であると断定する。

それは後年、右の三条嚴子が死去したときそれと入れ替わりに自分の妻康子を准母《じゅんぼ》女院の位につける、などの所業を見てのことだ。准母女院とは皇太后のことである。後小松帝が自分の子でなければ、とうてい思いつくことでもなければ、実行できることでもない。

そして、妻が皇太后になっているのに、自分がそれに匹敵する地位につかない法はない。

海音寺氏はいう。「果して後小松が義満の子であるなら、義満がおのれを太上皇であると考え、公けにも太上皇になろうと意図したのは最もありそうなことである」父が後小松天皇で、その後小松の父が義満なら、一休の祖父は義満だという結論は明々白々ではないか。

義満が名実ともに日本国王になろうとしたのは、すでに子が天皇であるという事実が心理的な踏み台になっていたのではあるまいか。

ところがふしぎなことに、一休の父は後小松だという説はいま公認されているのに、祖父が足利義満だという説を寡聞にして私は知らない。海音寺氏さえ、後小松の出生について右のような断定を下しながら、一休のことについては触れていられない。おそらくそのとき一休のことは念頭になかったのだろう。

が、一休の大破戒僧とも見える天衣無縫の生涯は、右の出生のせいもあるのではないかと私は考える。

大楠公とヒトラー

大楠公とヒトラー、とならべると、キナくさい顔をする人があるかも知れない。どちらも昭和二十年までの「英雄」であったからだが、そのこと以外に一見この両人に共通点はない。

いまではヒトラーは世界史的な「大悪魔」ということになっているらしいし、楠木正成も現代の若い人の中には、その名をきいてもあいまいな知識しか持たない人もあるだろう。

実は私も、べつに讃美しようと思って、この御両人をならべて持ち出したわけではないが、しかし、「吉凶はあざなえる縄のごとし」、という言葉があるように、まことに歴史上の人物の評価も、あざなえる縄のごとくである。

戦争中、大学受験のときのことを思い出す。そのころは「口頭試問」というものがあって、その中に必ず「尊敬する人物」という項目があった。出てきた受験生の一人が、「しまった、しまった」と頭をかかえているので、「どうした」ときくと、「尊敬する人物ってえのが、みんな大楠公ばかりいうだろう。あんまり同じじゃおかしいから近藤勇って答えたんだが、よくなかったなあ。ありゃ佐幕のほうだからなあ」

こんなありさまであったが、しかし戦争中だって、みんな楠木正成について、だれもがそれほど詳しい知識を持っていたわけではない。千早城の糞戦争とか、桜井の駅の別れとか、それから湊川の戦いで、七生報国を誓って討死したという話を知っている程度で、しかもどこか非現実的な、遠い伝説の中の英雄であったに過ぎない。

実は、私も——現在もその通りである。つまり「太平記」以上の知識はあまりない。そして、一般の人もそうだろう。

楠木正成という人は、実際は素性もよくわからない、年齢もはっきりしない人物らしい。しかも彼は南朝に殉じて死んだのだが、南北朝以後、天皇家は北朝系なので、ながい間逆臣とさえ見られていたのが、徳川初期、黄門さまが「嗚呼《ああ》忠臣楠子之墓」

を作ったので、これで忠臣の太鼓判を押された。すでにそれまでに正成の評価は、あざなえる縄のごとくであったのである。

が、嗚呼忠臣以来、「太平記の正成」は何百年か忠臣として日本人の胸に生きていた。なかんずく印象が強かったのは、湊川の段だろう。

大軍をもよおして九州から瀬戸内海を攻めのぼってくる足利勢を見て、「いまの天皇軍では勝てる見込みがない。このさいは京都を一時的にあけわたしてゲリラ戦法をとるべきだ」という正成の進言を、公卿の坊門清忠がしりぞけて、あくまで真正面から足利軍を迎え撃つことを命じた。正成はこれを最後の戦いと知りつつ、「この上はさのみ異議を申すに及ばず」と兵庫へおもむいた。

さて兵庫で敵の大軍と死闘をくりかえしたのち、正成は最後のときを迎える。湊川の一村の家に、正成は一族郎党を集めた。「太平記」にはこうある。

「正成、座上に居ついて、舎弟の正季《まさすえ》に向って、『そもそも最期の一念によって善悪の生《しよう》をひくといえり。九界の間に何か御辺の願いなる』と問いければ、正季からからと打ち笑って、『七生までただ同じ人間に生まれて朝敵を滅ぼさばやとこそ存じ候え』……」

そして一族郎党七十余人、枕をならべて自決した。——とある。

ところで私が首をひねるのは、ここでみんな死んでしまった、と書いてあるのに、だれがこの光景や正成兄弟の問答を見聞して伝えたのだろう？　ということだ。ふしぎなことである。

「太平記」は、正成死後、三、四十年後に書かれたものらしいから、まあ現時点で太平洋戦争を回顧したようなものだろう。史料としてわりに信頼できるものだといわれるが、しかしやはり「歴史文学」の範囲にはいるものだろうから、このあたりを追及してみたってはじまらないともいえる。

さて、この、七度生まれ変って朝敵をほろぼさん、という言葉である。七生報国という言葉は、昔から呪文のごとく唱えられたが、それはここから発したのである。そして、だれもこれを正成の言葉だと思っているが、しかし右にあきらかなように、これは弟の正季の言葉なのである。

こういう錯誤をそのままにして、しかし正成像は後に伝えられた。

そして、ただ「歴史文学」の中の英雄としてでなく、思いがけず後世の歴史に重大な影響を残した、と私は思う。それは太平洋戦争に対してである。

山本五十六が、対米戦の危険をはらむ三国同盟に死を決して反対しながら、数年後連合艦隊司令長官として、みずから一、二年しか自信がないというアメリカとの戦争に、むしろ勇躍した観すら見せて踏みきった心事についてあれこれいわれているが、しかし私は、意外にこの楠公の湊川出陣が影響を与えているのではないかと思う。「この上はさのみ異議を申すに及ばず」である。

「歴史文学」の正成は現実に躍り出て、後世に重大な影響を及ぼしたのである。

さて、もう一人のヒトラーである。

この「大悪魔」について、私は妙に感心しているエピソードがある。

人間の評価はあざなえる縄のごとし、というのは、時代によって変る、という時間的な意味だが、同時代でも、空間的に見る角度によって変る。アウシュヴィッツの迫害を受けたユダヤ人や何千万かの犠牲者を出したロシア人から見れば、まさに二十世紀の大悪魔だろうが、世界じゅうのだれもがその角度にならう必要はない。

歴史は一つだ、というのは、真実は一つだ、という命題をスリ変えたものであって、「歴史」は人により、国民によって同じものが光となり影となるのはやむを得ない。

さて、私が感心しているヒトラーの話は、まず第一に、あの最後の関頭で自決を覚悟して動かなかったことだ。

人間というものは、窮地におちいると心境が変る。貧乏になると、世の中は自分を助けてくれるのが当然だ、と思うものだが、生か死か、という立場に追いつめられると、多くの人間が生きるほうへ理屈をつける。客観的には死のほかに道はない、と考えられる事態に、である。だから「葉隠《はがくれ》」はいったのだろう、「武士道とは死ぬことと見つけたり」と。

石田三成が、三条河原で処刑される日まで、腹に悪いといわれた柿を食わなかったのを笑われると「大将たるものは最後までいのちを大事にするものだ」といったそうだが、私は、彼は最後の奇蹟を期待していたのではないかと思う。それは数年前京都に起って伏見城などを倒壊させた大地震の記憶である。あんな地震が京にまた起ったら、おれは助かるのではないか——と、事実上まずあり得ない天変地異を夢想したのではないかと思う。

西郷隆盛ですら、城山で死ぬ前、降伏の意志があるような妙な使者を官軍に送っている。少なくとも部下が使者を送り出すのを黙って見ている。むろんこれは官軍に一蹴された。

太平洋戦争でも、その最後の苦悶期に、東郷外相は、ソ連の仲介による和平に死物狂いの期待をかけてもがいている。客観的にそんなことは幻想に過ぎないのに、冷厳な東郷外相がこの無益な努力に苦闘しているのである。無益どころか有害で、これによって日本降伏近しと見たソ連は、たちまちその背に刃をつき立てた。

人間というものは、そうらしい。

ナチス一党もその通りで、降伏すればまさか殺しはすまいと、ヒトラーを除くすべてが降伏して、案の定その大半が処刑された。

この中にあってヒトラーだけが、迷いなく一人自決の意志をつらぬいたのはエライ。

次にもう一つ、感心している話がある。

ベルリン最後の日が迫って、すでに郊外の飛行場も使用不能になると見て、ベルリン防衛司令官は、ブランデンブルグ門に至る大街路を至急飛行場にしようと考えた。そのためには両側の街燈と街路樹を除去しなければならなかった。その提案をヒトラーはしりぞけた。「街燈はいいが、街路樹はいけない」。

あちらの街路樹は、日本とちがって同じ場所に、何十年の昔から立っている亭々たるものだから、いったん伐《き》ったら、おいそれと修復できないからである。

さらに、戦況暗転した大戦後半期に、日本に潜水艦を一隻だか二隻だかくれようとしたのにも感心する。

日本海軍が最も期待した潜水艦が、いざ開戦してみるとレーダーのためほとんど手も足も出なくなったのは、日本の悲劇であり、敗戦の重大原因の一つであったが、ドイツのUボートのあばれぶりは、ほとんどイギリスの息の根をとめかけたことは、人のみな知るところである。

いかに同盟国とはいえ、その有効な潜水艦を、一隻か二隻ゆずるということは、自身も急を告げているドイツにとって身を切られるような思いであったにちがいない。しかもヒトラーはあえてそれをしたのである。いい度胸といわざるを得ない。立場を変えて考えてみると、日本はとうてい同様のまねはできそうにない。

さて、こういうみごとなエピソードを持つヒトラーだが——日本にとって、やっぱり運命の「魔人」であったことも事実である。

日本が、一年か二年しかもたない、という危険を知りつつ、あえて開戦に踏みきる大ばくちを打ったのは、ドイツの勝利をあてにしてのことであった。第二次ヨーロッパ大戦前半のヒトラーは、それほど日本を眩惑したのである。

その第二次ヨーロッパ大戦は、まさしくヒトラー一個人の野心によってひき起されたものであった。ヒトラーが誕生しなければ、第二次ヨーロッパ大戦はあり得なかったろう。そして第二次ヨーロッパ大戦がなければ、太平洋戦争も起り得なかったのである。

太平洋戦争は日本そのものはもとより、国民個人すべての運命を変えた。三百万に及ぶ死者はいうまでもなく、生き残った人も、たとえば結婚ひとつを考えても、あの戦争に影響されたことをだれも自覚しているだろう。あの戦争があったからこそ、この人と結婚することになった、という事実はすべての人に共通しているだろう。いま、日本人の大半が「戦争を知らない」世代になったという。しかし、その世代の人々も、みなこのような結婚から生まれたのである。あの戦争がなければ、この地上に存在さえしなかった人々なのだ。

ルーズヴェルトや東条がいなくても、あの場合日米は戦ったろう。マッカーサーや山本がいなくても、その戦争の結果は明白であったろう。しかし、そもそもその戦争は、ヒトラー一人の存在がなければ起らなかったのである。

日本の歴史や日本人の運命に重大な影響を与えた異国人はいろいろあるが、その最大の人物はヒトラーである。異国人どころか、日本人にもほかに例を見ない。

以上、これはそんな不可思議な作用を発揮した二人の歴史的人物の話である。

絶世の大婆娑羅《ばさら》

日本の英雄譚といえばすぐに信長、秀吉、家康の三人が——しかも彼らの活躍した時代から四百年前後もたっているというのに——持ち出されるのは、彼らの仕事が巨大であったということのほかに、彼ら三人の個性があまりにも鮮やかな三種に分かれているからだろう。

そのなかで、若い人にいちばん人気のあるのは信長だろうが、考えてみるとそれがふしぎでないこともない。

この三人のなかで最もこわいのは信長である。彼らと一時間つき合えといわれたとしたら、秀吉、家康なら何とか社交的にあしらってくれるかもしれないが、信長だけは三分間ではね飛ばされそうな気がする。

高僧、美女、小童一人もあまさず誅戮《ちゅうりく》した叡山焼討ちのような大事件、自分を悩ました朝倉、浅井など敵将の首に金箔《きんぱく》を押して酒宴のサカナとして賞美したという中事件、また遠出《とおで》に出かけた留守、城の侍女たちがいのちの洗濯と遊興していると、突如往復三十里の道を馳《は》せかえって、ことごとく撫《な》で斬りにしてしまったという小事件に至るまで、その残忍性を発揮した信長の所業は枚挙にいとまがない。一種の精神異常ではなかったかと思われる。

それでも人気があるというのは、これらの所業をふくめて、全体としてその生涯が壮絶をきわめているからで、信長、秀吉、家康の三人、いずれも日本人の特性を三種に巨大化したものと見えるが、この信長の強烈性がいちばん日本人離れしているといえるかも知れない。そして、そこがかえって感嘆をさそうのかも知れない。

そもそも信長の個性は、青年時代から異常であった。

舅の梟雄《きょうゆう》斎藤道三とはじめて会見したとき、そのいでたちたるや、馬上、髪をまきあげて高だかと散らし、片肌ぬぎで虎の皮の袴《はかま》をつけ、馬腹に縄でくくった大刀二本と七つ八つのひょうたんをぶら下げるという異装で、村はずれの小家《こいえ》でこれをのぞき見た道三が、この馬鹿婿めが、と呆れはてて会見場の寺へいってみると、先に到着していた信長は、いつのまにかみごとな正装に着かえて、立ったまま廊下の柱にもたれていたが、家来が道三の来着を伝えると、「デアルカ」と、うなずいてスルスルと出ていったという。

これがなんと、信長十九歳のときの挿話なのである。

いま十九歳でこれだけ人を喰った芸当をやってのけられる若者ありや。

この信長の衣裳行状はまさしく婆娑羅以外の何ものでもない。

婆娑羅とは、南北朝時代に流行《はや》った奇装奇行のパフォーマンスだが、約二百年をへだてて、突如再出現したのである。いや、南北朝のころだって、これほどすさまじい婆娑羅はいない。

信長こそ最大の婆娑羅である。

そして、もともと日本人に婆娑羅人種は少なく、それにくらべると西洋人はみんな婆娑羅ではないかと思われるのだが、この点だけから見ても信長は日本人離れしていて、天性どこか西洋人くさいところがある。そこがまた信長の魅力の一つだろう。

そもそも足利十五代、正常人と思われる将軍は一人もなく、収拾のつかない乱世がつづいたのは、せっかく王朝から武家政治にひきもどしながら、なお武士の大半が「清和天皇の後胤……」とやったように、王朝の門閥やら家柄やらのクモの巣から脱却できなかったからだが、一方でその足利がともかくも二百数十年もつづいたのは、いわゆる群雄も王朝の門閥や家柄に呪縛されていたからだ。

これを破壊する者は、大名ですらない尾張守護代のそのまた傍系の一族にすぎない信長を待たなければならなかった。

信長、秀吉、家康のそれぞれの役割は信長が餅を搗《つ》いて秀吉がまろめ、家康が食うというたとえのとおりだが、このなかで搗く役がいちばん大変な役にちがいない。エネルギーの点のみならず、餅ならともかく、そもそも世の中を玉石ともにうちくだき搗きならすには、超人的意志が必要である。仕事の順序からいっても、信長こそが独創者である。

天下統一の独創者であるのみならず、彼はまた、名もない出自の秀吉や、先祖もあやしい家康のために、中世の門をたたき破った。この点でも彼は大先駆者といえる。

この尾張の王は、傲慢で名誉を重んじ、決断を秘し、ほとんど規律に服しない。部下の進言に従うことは稀で、日本の王侯をことごとく軽蔑している。

彼は理解力と明晰な判断力を持ち、神仏その他の偶像を軽視し、異教一切の占いを信じない。宇宙に造物主などなく、霊魂不滅などということもなく、死後は無であることを明らかに公言する。

この伴天連《バテレン》ルイス・フロイスの記述など読むと、後継者である秀吉、家康などはもとより、ずっと後の現代のわれわれより、はるかに徹底した近代人であるように思われる。

およそ地上の権力者が、その意志に反して権力の座から去らねばならぬとき、大なり小なり、みれん、不満の顔を見せない者は少ないが、とりわけ信長ほど無念の極限を味わった人間はあるまい。

信長死後、秀吉のやった行為の大半は信長の描いたプランによるものであったといわれるが、それだけに壮大きわまるプランを残したまま、この世から消えてゆかねばならぬと知ったときの信長の心中は察するにあまりある。

そして彼個人の無念はともあれ、その死は日本の運命を変えた。およそ個人の死で、信長ほど日本の運命に変化をもたらしたものはない。

秀吉の朝鮮出兵は、秀吉の誇大妄想と半モーロクによるものと思われるが、かりにそれが信長のプランであったとしても、信長ならあんな補給線も思慮にいれない愚かな戦いはやらなかったろう。出るとすれば、信長なら南であったろう、と私は考える。そしてその場合、彼ならば伴天連をもっと多く招き、その知識を大いに活用したであろう。……ことわっておくが、侵略は悪であるという思想のない時代の話である。

そして彼が、自分よりえらい人間はこの地上にはいないと信じる偶像破壊者であったことを考えると、……当時彼は右大臣の官名をもらっていたが、それは政略であって、あとまだ十年二十年の余命があったとすれば、最後まで右大臣左大臣、関白などに甘んじていたと考えるのは合理的ではない。

人間の死で第三者から見て、ああ、もう少し生かしておきたかったと思われる者はほんとに稀だが、日本人で最大の例は信長である。

彼自身にとっては大挫折である。が、奇妙なことに人間の死は、挫折の死であればあるほどその人の人生は完全型をなして見える。すべて満足しきったかたちの死ほど不完全に見えるものはない。

いまも人を魅了する信長の壮絶さは、あの死で完全なものになったのである。

その死は、信長も想像しなかった光秀の恐怖と、千載一遇の機と見た出来心からもたらされた。そのいずれかが欠けても本能寺の変は起こらなかったろう。

が、信長は最後の瞬間では「そもそも桶狭間が偶然の天運であったのだ」と肩をゆすったかも知れない。

ちょうど、二十二年前、信長は十倍の今川勢を奇襲して奇跡的勝利を得たのだが、そのとき桶狭間の空を一朶《いちだ》の雷雲が覆わなかったら、その勝利はあり得なかった。

――この世は偶然だ、と破顔一笑して、信長は紅蓮の炎のなかに、燃えていったのかも知れない。

信長は「火」秀吉は「風」

信長の心を読む天才

いったいに、信長は仕えにくい主君であった。彼は自ら積極的に働く部下を評価する一方で、行きすぎがある場合は厳しく罰した。

こんな話がある。

あるとき、彼は小姓《こしょう》を呼んだ。小姓が入ってきて「ご用は」と聞いたが、信長は不機嫌に「何もない」と言った。しばらくして、また呼んだ。別の小姓が入っていったが、同じ問答を繰り返しただけであった。三度目に呼ばれた小姓が、やはり信長に追い払われるとき、入り口に落ちていた小さな紙屑を拾って去った。それを見て、初めて信長はにっと笑ったという。この小姓が森蘭丸であったというのである。

信長は家来に、常住坐臥においても、これくらいの自発的行動を要求したのである。といって、出すぎれば、ただちに雷電の一撃を加えた。とくに、〝途中入社〟の部下に対して、それがきつかったようだ。

部下にしてみれば、そのバランス点を見つけるのが実に難しい。

その代わり、信長は、相矛盾するこの二つの要求に応えうる家来には、必ずそれにふさわしい待遇を与えた。地位門閥にかかわらず、いかに身分の低い人間であろうが、異例の抜擢をするのにはばからなかった。秀吉がその例である。

秀吉は、この宙天に巻き上げ、奈落に落とす信長という荒波を乗り切ってゆく技術において天才的であった。

彼が備中《びっちゅう》高松城を攻めたときのことである。

天正一〇年（一五八二）三月半ば、信長が美濃《みの》から信州へと甲州攻めの軍を進めていたころ、秀吉軍は姫路をあとに備中へ出撃した。信長からの指示を待たず、秀吉は独自の判断で出陣したのである。部下のこうした積極姿勢を信長がとくに評価することを承知しての行動であった。

備中になだれ込んだ秀吉軍は、毛利の前哨であるいくつかの小城を攻略し、四月一四日に、そのうちの一つ高松城に殺到した。——そして、ここでその前進を阻まれたのである。

高松城は三方を河と沼に囲まれた要害だが、この程度の城は、秀吉はほかにも、もっとらくらくと攻め落としている。このときは、城主清水宗治《むねはる》以下、守備兵はわずか五千にすぎず、西からの毛利の援軍はまだ到着していなかった。対する秀吉方の兵は二万である。だから、秀吉が本気でかかれば、高松城を落とすのは、それほど困難ではなかったろう。

ところが、秀吉は力攻めはせず、その代わりに、高松城をめぐって長さ三キロもの長堤を築き始めた。いわゆる水攻めである。

この工事が完成したのが五月七日——攻撃を開始してから二〇日以上を費やしたことになる。

果たせるかな、この間に毛利の援軍は続々と西から迫ってきた。

毛利も、織田の中国進攻は予期していたが、それは甲州へ出撃している信長が帰ってからのことと判断していたのだ。高松城への援軍出動が遅れたのは、そのためである。この点、毛利の意表をついた秀吉の作戦勝ちであった。

しかし、せっかくのこの作戦も、高松城の水攻めなどという悠長な戦法によって帳消しになってしまったのだ。

長堤で仕切られた大人造湖と、その中の孤城を隔てて、秀吉方二万、毛利方四万の大軍は、雷気をはらんで対峙した。

秀吉が信長自身の出馬を要請するために使者を派したのは、このとき、五月一五日のことだった。甲州に出陣していた信長は、四月二一日、安土に凱旋していたのである。

この場合の出馬要請について、ひとつの説がある。

それは、この高松城攻囲戦において、秀吉は、信長という荒波を乗り切ってゆく技術を遺憾なく発揮したというのだ。

つまり、信長の甲州陣からの帰還を待たず、単独で備中へ進撃したのは一つの要求に応えたものであり、高松城を押し切ろうと思えばできたのに、自分一人の手柄とせず、わざわざ難戦に持ち込んで、信長自身の出馬を請い、その自尊心を満足させるという、もう一つの要求に応えようとした、というのである。

この説は、少なくとも半分以上は当たっている、と私は思っている。

合理主義者に〝非合理〟で対応

仕えるのに難しい主君信長——その難しさのもう一つの要因は、信長が神経質で猜疑心が強いことだ。

信長の、その猜疑心を読みとることにおいて、秀吉は非常に烱眼《けいがん》であり、それを防ぐことにかけては天才的ともいえた。

天正九年（一五八二）に鳥取城を攻め落として、秀吉が安土《あづち》城へ凱旋《がいせん》してきたときのことである。

このとき、秀吉は厖大な量の戦利品全部を信長に献上した。それを安土城へ運び入れる行列は、先頭が城門を入っても、あとのほうはまだ山の下まで続いているといったありさまで、秀吉はその先頭に立って軍扇で音頭をとったという。

これには、気宇の大きい信長も驚き、

「藤吉は日本一の大気者なり」

とあきれかえったとか。

だが、その裏には、秀吉の別の計算があった。

それより一年前のこと、織田の長年の重臣である佐久間信盛、林秀貞、安藤守就《もりなり》などが信長によって追放されるという事件が起こったのである。そのとき、佐久間の追放理由として「物欲が強い」と非難されていたことを秀吉はよく覚えていた。山陰からの戦利品全部を信長に献上したのは、「私は欲深くはありません」との意を示そうとしたのである。

しかも、それを凱旋ムードのなかで派手にやることによって、本来の意図をカムフラージュすると同時に自己の戦功をPRするという、別の効果もあった。まさに一石二鳥である。

信長は気宇の大きい半面、妙に吝嗇《りんしょく》なところがあった。正確には、吝嗇というより徹底した合理性なのだが、それだけに、秀吉のこの無茶苦茶な進物ぶりには、その虚をつかれ破顔せざるを得なかっただろう、と想像される。

このあと、秀吉が信長に請うて、その第四子秀勝を己の養子とした件も、見事な〝信長対策〟であった。

このとき秀吉は、自分に子がないことを理由にしているが、本当の狙いは、信長の猜疑心を防ぐことにあった。

信長は、以前に、次男信雄《のぶかつ》を自分が征服した伊勢の北畠家の跡継ぎ養子とし、三男信孝を神戸《かんべ》氏の跡継ぎ養子としている。名跡は違っても、実体は織田王国である。ならば、ここ数年、めきめきと頭角をあらわし城持ちにまでなった秀吉の家を自分の息子が継ぐということは、信長にとって、悪い気がするどころか、願ったりかなったりのことである。

この養子の一件は、そのへんを読み取った秀吉の、先手を打っての妙手といえようか。もし、そうした気遣いをせず無策でいれば、信長の猜疑の黒雲がいつ覆いかぶさってくるかしれない。

天性の愛嬌とおべんちゃら精神

信長の猜疑心を防ぐのに秀吉は天才的である、といったが、日常における、その防禦方法の要諦は「愛嬌」である。

信長が、秀吉の妻ねねに宛てた手紙のなかで、秀吉のことを「ハゲねずみ」とニックネームで呼び、「ねねをいいかげんに扱うとはけしからんヤツ」と言っているが、そこにはかえって、秀吉に対する愛情があふれている。

おっかない主君から、ニックネームで呼ばれるようになれば立派なもの。これは、秀吉の愛嬌の賜だ。

この愛嬌は、秀吉天性のものだ。信長がイライラしているとき、秀吉は、「ヤァ、コンニチハ」と言って入って来る、といった調子だ。そのわざとらしいまでに快活な言い方さえもが天性と見えるから、聞く者に悪感情を起こさせない。

このことは、信長に対してばかりでなく、同僚・先輩に対しても同じであった。秀吉が出世コースから振り落とされず一路邁進し得た秘密の一つが、これである。

「出る杭は打たれる」

のは世の習い。とくに男の世界は、愛情よりも憎悪の支配している世界である。修羅の世界と言い換えてもよい。そうした世界で衆に抜きん出ようとすれば、他の男から憎悪の矢弾を浴びる覚悟がなくてはならない。しかし、それによって満身創痍になっては、いつかは引き倒されてしまう。

織田に仕えて一年ばかりの間に、秀吉が信長の草履とりから台所奉行を経て普請奉行に跳躍したとき、むろん批判の声は防げなかった。

「みな人、あれほど面の皮の厚かりしは、見も聞もせねなど、目引き鼻引き笑いけり」

と『甫庵太閤記』にある。

　ここで注目すべきことは、悪口を言いながら、みな笑ったということである。「出る杭」を打つ、その打撃力を弱めるのは、笑いにかぎる。藤吉郎の風貌や言行に接するものは、みな笑わずにはいられなかった。それはほかに真似手のない彼の天性であったが、彼はそれを承知して、己の個性を利用していた。

　出しゃばりながら、彼はひとに押しぶといという感じを与えなかった。彼はまめで、雑用をいとわず、気軽で臆面もなく愛嬌を振りまき、要するに「憎めない男」であった。

「墨俣《すのまた》の一夜城」築城で大手柄をたてたときも、織田家の部将連に行き逢うと、

「いや、おかげさまで。神仏の加護、いや、みなさまのご威光です」

と、ペコペコと米つきバッタのように頭を下げたであろう。

　他人ならいやみに見えるところだが、これが日常普通の秀吉の態度なのである。

　また、家中でも気むずかしいと聞こえている柴田勝家や、地味な人柄で容易に人を許さない丹羽《にわ》長秀のところへは、努めて多く出入りするように心掛け、ついに彼らに「可愛いヤツだな、あの猿は」と人に言わせるほどになったであろう、と私は想像する。

　のちに近江の長浜城主となったころ、秀吉は「羽柴」と改名した。

出世街道を駆け足でゆく彼の働きは、柴田、丹羽ら古老の地位を脅かすばかりの勢いで、身分も超スピードで上がるとなれば、それへのやきもちが強くなるのは自然の成り行きであろう。この自分への不利な感情を察知するや、彼は時を移さず、のこのこと両先輩のところへ出向き、その軍功にあやかるようにと、その姓の一字ずつをもらってきたのである。

プライドのある人間なら、とてもできそうにないところを、秀吉は平気でやってのける。丹羽、柴田は苦笑しながらも、悪い気はしなかったろう。

他人からの妬みにどう対処するかというよりも、他人に、初めから妬みを覚えさせないようなやり方をしてゆくのが、秀吉の特技であった。そのキーポイントは、おべンチャラを振りまきながら自分を道化にしてしまうことである。

かようにして、秀吉は、出世の階段を一歩上がるごとに、そのすべり止めの策を着実に施していったのだ。

主君からの邪推を防ぐ妙手

信長第一に、対人関係において万事にぬかりのない秀吉が、信長の怒りを買い、あわや一巻の終わりかという事態になったことがある。このときも、秀吉は、持ち前の愛嬌と才覚によって、逆に大抜擢されることになった。

天正五年(一五七七)のこと。

信長は、北陸で上杉勢や一向一揆勢相手に苦戦している柴田勝家のところへ、増援部隊として秀吉ほかの部将を派遣した。ところが秀吉は、北陸方面司令官の柴田勝家と喧嘩して、信長に無断で帰ってしまったのである。今でいえば完全な軍法会議ものである。当然、信長は激怒した。

報告のために安土へ登城することも許さず、秀吉に閉門を申し付けたのである。

しかし、秀吉は思いがけないことをやり始めた。

『信長公記』によれば、

「猿楽を招き、遊女をあつめ、乱舞酒宴に日を暮し、夜を明かし、いささかもつつしむ色なく、笑いたのしみいたりける」

というのである。

秀吉としては、閉門を申し付けられて陰々滅々と鬱屈していれば、主君信長の性格からして、謀叛《むほん》に心が傾くかもしれないと邪推される可能性が高い。

となれば、ここはひとつ派手に乱痴気騒ぎをやって信長の不安を解消する手にかぎる、と考えたのであろう。

　果たして信長は、秀吉が歌を歌って遊んでいると聞いて拍子抜けがしてしまった。勝家に反抗して戦線を離脱してきた秀吉の行動に対する怒りが消えたわけではないが、そのあっけらかんとした放歌乱舞ぶりを聞いて、信長の猜疑の芽は摘み取られてしまった。

　それから間もない八月の半ば、大和信貴山城の松永弾正が突如、信長に叛旗をひるがえした。

　松永弾正は、信長が近畿攻略にかかるまで、事実上、近畿の覇者であった人物だ。信長にはかなわないと見て、当面従ったと見せかけて、実は信長の隙をうかがっていた。このとき、織田に対して上杉謙信が大攻勢に出ると信じ、その機会に乗じようとしたものであろう。

　このころ、織田の将兵の大部分は北陸に出動していて、安土の守りは手薄であった。

――果たせるかな、長浜城に急使が飛び、秀吉は全軍を挙げて安土へ馳せつけた。

　安土城で信長と秀吉の間にどういうやりとりがあったのか？

　私は、ピカレスク・ロマン（悪漢小説）として書いた『妖説太閤記』（講談社文庫）の中で両者のやりとりを次のように想定してみた。

《「筑前、長浜に蟄居中、何をしておったぞ」

秀吉は、けろりとして答えた。

「この二十年、殿に追い使われまして、一日として安閑した日はござりませなんだものを、このたびははからずも天与の好機を得て、心ゆくまで鬱を散じ、いささかも退屈はいたしませなんだ。おかげさまにて年来のくたびれはまったくとれ、英気ははちきれんばかりになってござる。この体調では、たとえ千万の敵が寄せて参りましょうと、安土に指一本させることではありませぬ」

信長は快笑した》

——それから約一ヵ月余り、秀吉の兵は安土に鉄壁の陣を張って信長を護った。この間、大攻勢に出てくると予想された上杉謙信が出てこないことがわかり、織田の将兵は北陸陣から続々と松永弾正討伐に向かった。そして一〇月、弾正は信貴山城で滅亡した。

これとともに秀吉の北陸陣離脱の罪も雲散霧消した。それればかりか、危機にさらされた信長を守護した殊勲によって、彼は「中国陣の総帥」に大抜擢を受けたのである。禍転じて福となる、どころではない。

ただし、このエピソードは、単に秀吉の愛嬌と才覚を示すにとどまらないかもしれない。以上の顚末は、秀吉の強運に帰すには、あまりにもできすぎているからだ。

ここで想像をたくましくすれば、秀吉は、乱波《らっぱ》（諜報員）によって、上杉謙信が大攻勢に出ないこと、および松永弾正謀叛の気配を信長より先に察知し、後の大功名を狙って、あえて北陸陣を離脱するという大博打をうったのかもしれない。秀吉なら、やりかねないところである。

術策に満ちた〝大悪人〟秀吉

秀吉は二三歳のとき信長に仕え始めた、とされている。そのスタートが信長の草履とりであったかどうかは定かでないが、草履とりをやらせても、台所奉行、普請奉行をやらせても、秀吉は、ずば抜けて有能かつ積極的だった。合理主義者の信長が秀吉を重用したのは当然であり、このことは現代の企業社会でも同じことだ。

秀吉は、ただ有能なだけではない。彼は陽気なおベンチャラ精神の持ち主であり、また、人に対して実にまめに気を使った。それは、おそらく普通の人の千倍も二千倍もあったかと思われるほどだ。彼が人の心を読むのに天才的だったのは、行住坐臥、不断の心遣いの賜かもしれないのだ。

これらの特質は、彼の上昇志向に添って、ますます磨きがかかっていったと思われる。

相撲にたとえれば、その劣悪な体格から見て、せいぜい十両どまりと考えられた秀吉が幕内にまで出世したのは、有能さプラスこれらの特質によるものである。しかし、それがついに横綱にまでのし上がるについては、さらにもう一つの要素が必要であった。

いわゆる、権謀である。

乱世に最下層からのし上がって天下をとるには、いいことずくめで達成できるはずがない。あれだけのことをやる人間が、そんなに善良ばかりであるものか、というのが私の考えである。

事実、諸史料から秀吉の行動パターンを冷静に抽出してみると、秀吉という人間は、大きな意味で、たいへんなワルだったのに違いない、と思わざるを得ない。

秀吉の出世階段の上がり方は、たいへん意図的、かつ巧妙であり、きわめて術策に満ちたものではなかったか、と想像されるのである。

それも、小悪人的な、だれの目にもすぐわかるといった安手の道具立てではなく、そのプロセスと結果に対して、だれもが認めざるを得ないように仕組んだ、いわば大悪人的権謀は巧妙をきわめた。

とくに、信長生前中は、その意を迎えるために秀吉は知恵をふりしぼった。表面上、それは至誠そのものであったかのように見える。

しかし、信長没後、彼は、その「ワル」をただちに顕にした。

信長の亡霊が秀吉を苛む

たとえば、信長の三男信孝に対する場合――。

この信孝を、亡君の一周忌を待たずに謀殺してしまったのである。

信孝は、三男とはいえ、異母兄の次男信雄と同年の二五歳。世評では、人物・力量からして信孝のほうが信長の後継者にふさわしいと目され、柴田勝家がこれをバックアップした。これに対し秀吉は、本能寺の変で没した長男信忠の子・三法師を擁して柴田方と対立したのは周知の通り。この際秀吉は、信孝と対立し始めた信雄を自派にとり込んだ。

そして信長没後六カ月目に、秀吉は、言いがかりをつけて岐阜にいる信孝に攻めかかった。

信孝は、頼みとする柴田が越前にいて雪で動けないうえに、兄の信雄が秀吉軍に呼応しようとするのを見て、やむなく白旗を掲げた。秀吉はこれを容れ、和睦の条件として信孝の母と乳母を人質に取った。

それから四カ月後、秀吉はこれらの人質を磔《はりつけ》にかけて殺してしまったのである。明らかに挑発であった。

これを知った信孝は逆上し、再びアンチ秀吉の動きを示した。しかし、頼みの柴田勝家は秀吉に攻められて天正一一年（一五八三）四月二四日に滅亡。同じ日に、信雄の軍が信孝の岐阜城を囲み、結局は信孝を自刃に追いやった。信雄を背後で操ったのは秀吉である。

もっとも、信孝を自刃させるまで、世間体を憚《はばか》って、やや手間はかけているが、ともかくも、亡君の遺子で最も有望な後継者を葬ってしまったのだ。

また、信孝の母といえば、かつては秀吉も跪拝した信長の愛妾の一人だったが、秀吉は、これをも無惨な戦国権謀のいけにえとした。

「それも、これも戦国の習い」

といってしまえば、それまでのこと。しかし、信長と秀吉の関係を見る場合は、その延長線上にあるこれらの事件の意味を、とくと考えてみなければなるまい。

天下取りに狂奔する秀吉の権謀はまだ続く。

信孝を滅したあと利用価値の下がった信雄に対する秀吉の扱いが、とたんに粗略になった。それを怒った信雄が徳川家康と結び、小牧・長久手で秀吉と戦ったわけだが、このとき秀吉は信雄を手なずけるために、ずいぶんな嘘をついている。たとえば、実質的に信長の跡を継がせるとか、自分（秀吉）の人質を送る、など……。しかし、信雄が約束通り家康から離れ単独降伏すると、そんな約束は全然守られなかった。

数年後、信雄は尾張から東海地方への国替えを拒否したことから領地を召し上げられ、配流の身となった。秀吉の晩年に御伽衆《おとぎしゆう》に加えられたことが、せめてもの救いである。

このほか、秀吉は信長の娘と姪を己の妾にしている。

これらの所業については、秀吉自身、負い目を感じていたと見え、秀吉は死の床で信長の亡霊に苛まれることになった。その怪異な光景を、目撃していた前田利家が、のちに『利家夜話』で次のように語っている。

《太閤さまが御病気のとき、信長公の霊が現れ、「藤吉郎よ、よい頃合だから（冥界へ）参れ」とおっしゃられた。すると太閤さまは、うなされたように「殿、私は殿の敵《かたき》をとって差しあげました。それに免じて、いましばらくご猶予を」と申しあげたが、信長公は「いや、ならぬ！　おれの子供たちを不幸にした張本人は、藤吉郎おまえだ！　早くまいれ！」とおっしゃって太閤さまを寝床から一間ほども引きずり出された。このとき、太閤さまは、やっと正気に戻られたが、このありさまに北政所《きたのまんどころ》さまも上臈衆《じょうろうしゅう》も胆をつぶしてしまわれた》

信長の声は、そのときの秀吉のうわ言、形相、動作から利家が想像したのだ。

信長は火、秀吉は風

もし、本能寺の変が起こらず、信長が長生きしていれば、秀吉は相変わらず忠勤を励んでいただろうか？

歴史における、こういう「イフ」の問題設定はナンセンスと知りつつ、あえて考えてみると——結論だけを言うと、秀吉は家康と組んで反信長クーデターを起こしたであろう、というのが私の想像である。ただ、信長、秀吉、その他武将の人間関係をうんぬんする場合は、それぞれの人間の本質について、ある程度の見きわめは必要であろう。

私から見ると、結局、信長も秀吉も異次元の世界から来た人間としか思えないのである。信長の場合、あの時代に比叡山を焼き打ちするということは、今の創価学会をぶっつぶすよりも、もっとすさまじいことである。

今のわれわれでさえ宗教の呪縛から完全には逃れられないのに、あの時代に「宇宙に造物主なく、霊魂の不滅なることなく、死後の無なることを明らかに説いた」信長という人間は、とても地上のものとは思われない。

秀吉はどうかというと、あの超人的エネルギーの旺盛さがどこから出てくるものか、私は不思議でならない。とくに光秀を討った山崎の戦いから死亡するまでの、わずか一六年間に為し遂げた仕事量は圧倒的である。これを見ると、仕事のエネルギーとは、体格でも頭脳でもない別のものであり、秀吉の場合は、とても人間業とは思えない。秀吉以前も以後も、信長は別として、あれほどのエネルギーを示した人間はいない。

信長は、戦国統一の大事業を一個人の力でやってのけた。

文禄・慶長の朝鮮出兵は、事の善し悪しは別として、他の反対を抑えて、秀吉個人の意志だけで行われた。

このことは、「今とは時代状況が違う」ということだけで説明しきれるものではない、と私は思うのである。

世界史レベルで比較すると、信長の場合は、ヒトラーという同類者がいる。その意味で、まだわかりやすい。しかし、秀吉のような人間は、その同類者もいない。古今東西に秀吉しかいない。わかりにくい人物である。

ちなみに、戦国の三巨人を五行説にのっとってたとえると、

信長は火（地上を焼くような火）

秀吉は風（大空を吹く風）

家康は地（大地そのもの）

ということになろうか。

家康は「地」であるだけに、あくまでも地上の男である。だから、現世的で理解しやすい。ついでにいうと、光秀は「水」。それもすぐ煮立ってしまうような、盥《たらい》一杯ほどの少量の水。

前田利家であれ、黒田如水であれ、あとの戦国武将連中は、すべて「空」。それも広大無辺の空ではなく、空《むな》しいほうの空《くう》である。

ともあれ、信長と秀吉が、ともに異次元の世界から来たのだとすると、両者の関係の深奥は、時代を隔てた普通人であるわれわれが、うかがい知るところではないであろう。

秀吉はいつ知ったか

天正十年三月十五日、羽柴筑前守秀吉は、二万の兵をひきい、居城姫路城をあとに、毛利征伐へ出撃した。当時主君の信長はなお甲州に出陣中であった。備中へなだれ込んだ羽柴軍が、毛利の前哨たる小城を攻略し、岡山の西北方二里余の位置にある高松城へ殺到したのが、四月十四日である。

高松城を守るものは、城将清水長左衛門宗治以下、農民をも加えて五千であった。しかし高松城は三方を河と沼に囲まれた要害で、十日ばかりの小競合《こぜりあ》いののち、おりから予想される梅雨を利用して、秀吉はこれを水攻めにする作戦を立てた。城の北方から西を流れる足守《あもり》川は、長良川と合して城の南方を東流し、また南へ折れてやがて瀬戸内海にはいる。秀吉はこの河を城の西北で堰《せ》きとめ、一方、城の東南にわたって、基脚で二十四メートル、頂上で十二メートル、長さ三キロにわたる長堤を築き、さて河を決潰《けっかい》し、城を湖中のものとしようとしたのである。

この工事が完成し、水攻めが開始されたのが五月七日（陽暦六月七日）のことで、高松城はふりしきる梅雨と、一帯百八十ヘクタールの大湖水の中に小さく孤立するに至った。

やがて西方より毛利の大軍が来援したが、この大湖水にはたと釘づけにされてしまった。

とはいえ、四万の大軍を相手に、五月十五日、秀吉がつきつけた条件は、非常識なまでに高姿勢なものであった。

「一、高松城を即時開城し、城将清水宗治を切腹させること。
二、毛利領十ヶ国のうち、五ヶ国を織田に割譲すること」
同時に秀吉は毛利方に、自分が信長の出馬を求めたことを通告した。信長は武田を滅亡させて、四月二十一日京都に凱旋していたのである。

毛利は立往生した。秀吉はともあれ、信長自身が出陣して来ることになれば、結局勝利の見込みはないからだ。しかしこの条件は苛酷であり、特に毛利のために善戦している清水宗治を犠牲にすることは、毛利の面目にかけて受けいれられるものではなかった。毛利方は拒否し、談判は膠着した。

しかし、こういう条件を毛利方から出したという説もあるのは、この斡旋をしたのが毛利の外交僧安国寺恵瓊《えけい》だったからだ。信長と秀吉の怖るべきことを知悉《ちしつ》していた恵瓊は、毛利そのものの滅亡より、この条件をまだしもとしたのである。

しかるに、六月二日、突如としてその信長が、中国出陣のため安土から京まで出て来たところを、明智光秀のために殺された。

六月三日、秀吉はこの急報を入手し、ただちに毛利方に談判の再開を申し入れた。信長の死は秘して、信長の出陣がさしせまったことを告げ、さきの条件のうち割譲五ヶ国を三ヶ国にするが如何、それで承知なら毛利の安全は自分が保証するが、なお拒否し、信長公が到着されたあかつきは、もう保証出来ないと、いってのけたのだ。

毛利はまだ信長の死を知らず、事態の急迫におしひしがれた。恵瓊は急ぎ清水宗治に会って、右の交渉を告げて、毛利と城兵の命運はかかって君の覚悟にある、と説得した。籠城五十日、髯ぼうぼうの宗治は快笑した。

「私の首一つで、毛利家は二ヶ国もうけ、五千の城兵も助かるのですか。よろしい、腹切りましょう」

やがて小姓に髯を抜かせて男ぶりをととのえはじめたのを怪しんだ者に、この首はやがて信長の見参に入るものだ、あまりに見苦しくては、首の座にすえられて髯の始末も忘れたか、と思われては口おしい、と、いった。
四日午前十時、城をとりまく水の上に漕ぎ出した清水宗治は、秀吉から贈られた樽酒の酒で一酌し、舞いを舞い、孤舟の上で、毛利の督戦役として最初から籠城していた末近《すえちか》左衛門と兄の沙門月清とともに、みごとに切腹した。時に四十六歳。辞世にいわく、

「浮世をば今こそ渡れもののふの
　名を高松の苔に残して」

清爽、一身をもって主家と部下を救ったこの行為は、戦国武士の花といわれる。これが世に伝えられる清水宗治の最期で、まず立派というしかない。ただし、彼については、べつにほかの何の物語も残ってはいない。

さて、それはいいとして、私は、以上の事実に疑問があるのである。二日信長の死、三日秀吉これを知る、四日宗治切腹という手際が、あまりにスムーズ過ぎるのではないか、というのだ。

事件は京都と備中にわたる。電話も電信もない時代の話である。

先年八切止夫さんが「信長殺し光秀ではない」という本を書かれた。私は未読なので、では信長を殺したのはだれということになっているのか知らない。実は私は、そ

れは秀吉である、という設定のもとに、「妖説太閤記」という作品を書いたのだが、それは八切さんの右の本より以前のことなので、この「妖説」をここにまた持ち出す権利があるだろうと思う。「妖説」とはいうものの、史実として伝えられていることも、不審な点については同程度ではないか、と私は考えているのである。

史実によれば、秀吉がその第一報を入手したのが三日の夜亥《い》の刻《こく》（午後十時ごろ）とある。この変報をもたらした者は、信長の家来長谷川宗仁が出した急使で、これを知るや秀吉は蜂須賀彦右衛門に命じてただちに監禁させたとある（川角太閤記）。蜂須賀が秀吉の諜報機関であったことを物語る記録だ。

午後十時にこれを知った秀吉は、その翌朝十時には清水宗治を切腹させているのである。してみると、その談判は夜の中に行われたと見るよりほかはない。

しかし、羽柴、毛利、高松城は漫々たる水にへだてられているのである。この三者の交渉が、夜、電燈もない闇の中で、そんなにスムーズに行われたものであろうか。たとえ、蠟燭、松明《たいまつ》、篝火《かがりび》など、当時の照明具を使うにしても、夜の外交談判というもののわずらわしさは、現代の比ではない。三者お互いの連絡でさえ、昼間とはくらべものにならない手数を要したろう。秀吉が真夜中に突然談判を申し込んで、毛利が疑念を持たなかったのであろうか。

どうしてもこの交渉は、三日の昼の間に行われたとしか思われない。げんに右の清水宗治が髷をきれいにしたのは三日の夜と書いてある。交渉は四日の朝ではない。とすると、秀吉が変報を入手したのは、三日の昼のうち、それも早いころ、ということになる。むろん別のルートによって、である。

しかし、史実の長谷川宗仁の急使にしてからが驚くべき早さである。

二日朝本能寺に信長を屠った明智が、信長の長子信忠のいた二条御所の攻撃にとりかかったのが午前八時ごろといわれるから、その首尾を見とどけたこの飛報の発足は、早くとも午前十時ごろのことであったろう。これが三十六時間後の三日の午後十時に、備中高松に到着しているのだ。この間は五十里以上（「五街道細見」による）——二百キロ以上である。時速にして約六キロである。この間、途中でバトンを渡すということの出来ない事態だから、使者は一人だろうし、かつ、駅伝の制もないころだから、馬もろくに使えなかったろう。しかも当時の悪路は想像に余りあり、時は梅雨どきと来ている。

ちなみにいえば、ノン・ストップ徒歩の世界記録は、私の知るかぎり一九六七年イギリス陸軍衛生兵マイケル・ジェフリーが四十四時間歩きつづけて作った二五一・二キロである。これまた時速六キロだ。距離も時間も短いけれど、天正の日本の山陽道は現代イギリスの道とは較べものにならない悪路だったにきまっているから、条件ははるかに悪かったものと見てさしつかえない。そこをその使者は、この世界記録に近い速度で、京都から岡山へ駆けつづけたのである。

これでさえ信じられない早さだが、しかし史実がそうなっている以上、これは可能性があったのだろう。

「時間」というものが、これほど重大な問題となるのは、戦国時代においてこれは実に稀有な例だ。

しかし右に述べたごとく、秀吉はさらにそれ以前、三日の昼のうちにこの変事を知って談判を始めたものと考えるよりほかはないとあっては、これをどう解釈すればいいのか。

ここにおいて、秀吉は本能寺の変の勃発を予期していた、そしてそのための早飛脚を、馬の用意をふくめ、伝令式に配備していたという解釈が出て来るのである。

予期していたとは、秀吉が光秀をあやつって信長を襲撃させたということである。さらに光秀が亀山から出た時点から監視させていたという想像も出て来る。

不審なことはまだある。

光秀が毛利に対して、クーデターの成功と、相呼応して起つことを勧めた密書を携行した一人の密使が、秀吉の哨戒線にひっかかってとらえられたというが（常山紀談）何の予測もなく、西の毛利に備えて張っていた哨戒線に、東から来る密使が、そんなにうまくひっかかるものだろうか。地形を見るのに、どこでも通る道はありそうである。

さらにまた軍略家として知られた光秀が、これほどの重大事を告げるのに、たった一人の密使だけを送り出すということがあるだろうか。どう考えても秀吉が、明智の密使を一人残らず捕捉するように、あらかじめ網を張っていたと見た方が自然である。しかし、その毛利との談判が成立するかどうか、清水宗治が快然として切腹してくれるかどうか、これは賭けだ。

秀吉はこの大ばくちに成功した。すでに秀吉にイカれていた安国寺恵瓊がグルになっていたというのが私の解釈だが、それより、その事態を作りつつ、なお毛利方に割譲は三国とする、などを吹きかける秀吉の迫力がこれを成功させたのである。

事実、変報を知ったとき参謀の黒田官兵衛は、秀吉を見て、ニヤリとして、「殿、お花見のときは来てござる。花の下で大ばくちをやる時が来てござるぞ」と、ささやいたという。（川角太閤記）

さて、六月四日午前十時、清水宗治は切腹したのだが、毛利方が本能寺の変を知ったのは午後四時ごろであったという。

「――やられた！」という嘆声とともに、毛利は色めき立った。しかし、そのどよめきを小早川隆景が制した。ほんの昨夜結んだ和議の血判を守るというより、この期《ご》に及んでその血判を押させた秀吉の悪度胸に戦慄し、圧倒されたものと思われる。

午後八時、羽柴軍はみずから作った大人造湖の堤を切って落して、なお予測される毛利方の破約による追撃を断ち、撤退を開始した。

秀吉自身が馬を返したのは、五日の午前二時ごろであったといわれる。

そして羽柴軍は、秀吉居城の姫路に馳せ帰ったのだが、それに六月七日説、六月八日説がある。何といっても二万の軍だから相前後したのであろう。

高松から姫路までは約八十キロである。しかし、秀吉の祐筆大村由己の記するところによれば、「七日大雨疾風、数ヶ所大河洪水」とある。相当な難行軍であり強行軍である。

しかも、その途中、秀吉は摂津茨木の城主中川瀬兵衛に早飛脚を送っている。

「……上様ならびに殿様（信長・信忠）いずれも御別儀なくお切りぬけなされ、膳所《ぜぜ》ヶ崎へお退きなされ候。まず以てめでたく存じ候」

この手紙の日付が、六月五日になっている。秀吉が高松を立つ寸前だ。

もし秀吉がほんとうにそう信じていたとするなら、大暴風雨の中を撤退するはずがない。彼は万事承知の上で、ぬけぬけと嘘をついたのである。しかも、よほど京の異変についての確信がなければ、京に近い茨木の城主へ、これほど真っ赤な嘘はつけるものではない。

おそらく秀吉は、中川瀬兵衛のみならず、高山右近とか筒井順慶とか去就不明の諸大名に、同様の謀略の手紙を送り出したにちがいない。この天地逆転の騒ぎの真っ唯中に、である。

彼が、長谷川宗仁の倉卒な急使だけから情報を得たわけではなかったことは、これからも想像される。

物語めいてはいるけれど、私はこの飛報や撤退戦に、蜂須賀乱破《らっぱ》党の活躍を感じる。

そして秀吉は、八日の午後十一時には、一番貝とともに、逆賊光秀を討つために姫路城をあとに、東へ進撃を開始しているのである。山崎の合戦の羽柴軍の戦いを見ても、その前、これほど不眠不休の数日を経て来た部隊とは思われない。すべてが、プログラム通りであったとしか思われない。弾薬、戦衣、兵粮《ひょうろう》、みなかねての予定に従って姫路城に用意してあったような印象を受ける。

事実このとき姫路城で、秀吉が金奉行を呼び出して、金はどれほどあるか、と訊いたのに対して、金奉行は、城にあるものが、金子八百余枚、銀子七百五十貫、米八万五千石、高松から持ち帰ったものが、金子四百六十枚、銀子十貫目と答えている。麾《き》下《か》の全軍をあげて出撃してから八十余日、ついには信長の救援を乞うほどの中国陣に、姫路城に残してあった金が多過ぎるような感じがする。

こう考えると、秀吉が渺《びょう》たる小城高松城に水攻めなどという悠長な作戦をとり、五十日もかけていたことも不審に思われて来る。私の想像によれば、それは信長をひき出すためであった。

そしてまた、高松で停止していたのは、そこが姫路城へ反転し、かつ光秀に近畿一帯に不敗の陣を築かせる余裕を与えない、また北陸の柴田勝家などより早く京へ達することの出来るギリギリの機動距離であったということになる。

光秀が小栗栖で殺されたのが、六月十三日のことであった。明智の天下はわずか十一日間であった。同時に秀吉が天下をとったのもその十一日間の智謀と肉体の燃焼の結果であった。

どうでしょう？　この「妖説」は相当に説得力があると思うのです。

そしてまた、こうなると、もののふの花、清水宗治も、秀吉の酒に酔ってその掌上で舞いを舞っただけに過ぎなくなり何やら現代でもよくある例の「課長補佐の自殺」

然として来るのですが――。

石川五右衛門——泥棒業界の代表選手

石川五右衛門は、架空の人物ではない。

記録としては、同時代の公家山科言継《くげやましなことつぐ》の日記に、文禄三年八月二十三日、盗賊十人、子一人、釜ゆでになり、同類十九人が同じく三条河原で磔《はりつけ》になったという記事があるが、その盗賊の首領の名は出ていない。しかし、五十年ほどのちの林羅山の『豊臣秀吉譜』に、石川五右衛門という盗賊が秀吉に捕えられ、その母や同類二十人ばかりが三条河原でゆで殺されたとある。

それより確実なのは、同じ文禄三年来朝したイスパニアの商人アビラ・ヒロンが書いた『日本王国記』という記録に、都に一団の盗賊が跳梁《ちょうりょう》し、殺人強盗いたらざるなく、ついに捕えられ、頭目もその一族もことごとく油で煮られ、また磔になったということがもっと詳細に書かれ、

「これは九四年（文禄三年）の夏である。油で煮られたのは、Ixicavagoyemon（石川五右衛門）とその家族九人か十人であった。彼らは兵士のようななりをしていて、十人か二十人の者が磔になった」

と、記されている事実だ。

昭和四十年刊岩波書店の『大航海時代叢書』によって、はじめて翻訳されたこの記録を、林羅山が読んでいるわけはないから、『山科言継卿記』のただ盗賊というだけの記述から五十年後に、その名を石川五右衛門としたのは、いまでは失われた何かの記録があったものと思われる。

さて、石川五右衛門はこの通り実在人物だが、その素姓については、この盗賊説のほかに忍者説がある。

理屈からすると、私は盗賊説をとりたい。忍者なら——個人営業としての忍者というものはなく、まずだれかの命令によるものだから、処刑されたのが五右衛門一族にとどまるはずがない。たとえ白状しなくっても、秀吉のことだ、その命令者らしき者に手を出さないはずはない。もっとも忍者説では、その命令者を関白秀次の寵臣木村常陸介《ひたちのすけ》にしているが、もしそれが事実なら、秀次一党を罰したとき、その罪状を天下に公表しないはずがない。

盗賊なら個人営業だし、私にはどうもそのほうが好ましい。

だいたい泥棒という自由業は——私が大々的に泥棒にはいられたことがないせいかも知れないが——何だか悲壮で、しかもユーモラスなところがあって、私には好感が持てる。

そもそも、人が苦心惨憺、汗水たらして得たものを、ただで持って来ようというのが可笑《おか》しい。ただし、それだけに冒険心だけは要《い》る。七つ道具を持って出で立つときの心情たるや、女子供の知ることとならず、である。風蕭々トシテ、といった趣きがあって、惰性《だせい》で会社に出かけるサラリーマンなどとは、雲泥の相違がある。

ましてや、石川五右衛門は、泥棒の業界代表である。その通り彼は、右の悲壮でユーモラスな印象を、いかんなく民衆に与えている。しかも、風格が大きい。忍者は陰気で、ユーモラスなところがない。

右の泥棒に対する好感は、私一人が持っているわけではなく、日本人の愛する実在の英雄二十人をあげろといわれたら、その中にこの五右衛門と鼠小僧の二人は充分はいるのではないかと思われるほどである。

しかも、この御両人が、歌舞伎でいう時代物、世話物のそれぞれちゃんとした典型となっているところが面白い。

日本の泥棒界には、ほかにも袴垂保輔《はかまだれやすすけ》とか、勾坂《こうさか》甚内とか、浜島庄兵衛とか、雲霧仁左衛門とか、稲葉小僧新助とか、多士済々なのだが、何といっても人気の点では、この御両人がズバぬけている。

それには、この二人が、ともかくも強者に挑戦した、という外貌を具《そな》えているからだろう、と思われる。

鼠小僧は大名屋敷を稼ぎ場とした。これはそのほうが仕事がラクだと知ったからだが、とにかく事実だ。しかし石川五右衛門のほうは伝説に過ぎない。

これはひとえに、徳川中期に作られた『絵本太閤記』に、彼は伊賀の大忍者百地三太夫の弟子であって、やがて木村常陸介に頼まれて、太閤暗殺のため桃山城に忍び込み、捕えられて釜煎《い》りになったと書かれたからだが、このベストセラーの物語のおかげで、彼は秀吉と対々の大物となった。さっき忍者説はとらないといったけれど、五右衛門像を巨人化したについては、彼を忍者としたこの物語が、あずかって力があったことは認めなければならない。

そしてまた一方で、例の南禅寺山門の楼上で、千日鬘《かずら》の五右衛門が、太い銀煙管《ぎせる》をくわえて、「絶景かな、絶景かな、春の眺めは価千両」と威張っていう「楼門五三桐《さんもんごさんのきり》」という歌舞伎が、彼の豪華絢爛たるイメージを定着させてしまった。

鼠小僧は、愛されるとはいうもののちょっと軽蔑されているが、五右衛門のほうは愛されると同時に、尊敬されている。

とはいえ、石川五右衛門は実在人物だが、いまわれわれの持つ五右衛門像は、稗史《はいし》や芝居で――すなわち民衆の空想力で描き出され、民衆の夢で支えられた架空像である。

一般の英雄は、時代によってその評価が変る。しかし民衆によって作られた伝説的英雄は、まず動かない。とにかく史実的にその行状が妖雲につつまれているだけに、たとえば卑小なる悪人としての太閤秀吉は描けても、このどこかユーモラスで豪快な石川五右衛門像を逆転させることはほとんど不可能だと思われるし、またそんなことをするのは愚かなことである。

五右衛門君は英雄として永遠に安泰である。

敵役・大野九郎兵衛の逆運

一世から指弾された人間のうち、かえりみてみずからその罪を認める者はどれくらいの割合になるだろうか。

内心うしろめたいものを感じつつ、あくまで虚勢を張る者、口先では申しわけないというものの、実は、勝手にしやがれ、おれはちっとも悪くはないんだと肚《はら》の中でひらき直っている者、などを含めて千差万別だろうが、大野九郎兵衛などは、口でも心でも、最後まで、「世の中、まちがっとる」とつぶやきつづけた人間のような気がする。

彼は六百五十石、浅野家では上から、四、五位の高禄者でありながら、義挙には加わらなかった。彼にいわせれば、復讐などまったく筋の通らない狂気の論理であったにちがいない。

殿さまが切腹を申しつけられたのは痛恨の至りだが、しかし殿中で刃傷《にんじょう》をしかけたのは殿さまであって、吉良のほうは無抵抗の被害者である。おいたわしいが殿さまの切腹もやむを得ないことであって、しかもそれは吉良の意志とは無関係の幕府の幕法による処罰である。それを吉良に向かって恨みをむけるなど、公平に見て外道《げどう》の逆恨み、これは敵討にもならぬではないか。

——大野九郎兵衛が赤穂から逃げ出したときは、まだ内蔵助《くらのすけ》が復讐の意志をあきらかにしない時点であったから、以上は、その後九郎兵衛が事件の経過を見て、おそらくは考えたであろうことの推量である。

右はまた吉良上野介《こうずけのすけ》の論理でもあったろう。彼は殺されるとき、自分に襲いかかってきた運命の不当さにいきどおりをおぼえていたろうし、それまでの評判の悪さに憤慨を禁じ得なかったろう。——この推量による吉良や大野の論理には、それなりの正当性があると思われる。

せっかくの忠臣蔵特集だから、ここでこの事件に対する筆者の意見を述べさせてもらうと。——

いったい歴史的事件には、よって来たるぬきさしならぬ原因がある。その原因の中の一つや二つの条件をはずしてみても、やはりそれは起ったろう、と思わざるを得ない幾多の遠因近因が重なっている。

ところがこの「快挙」だけは、どう見てもそんなのっぴきならぬ原因はない。こじつけようと思えばどうにでもこじつけられないことはないが、とにかく発端となった吉良の物欲、内匠頭《たくみのかみ》のカンシャク、いずれも大したことではなく、とくに後者はまったく「アタマに来た」だけの、大名にはあるまじき逆上的行為というしかない。

また前者について、その意地悪をワイロの期待はずれにあるものときめつけるなら、現代の政治家や役人など、四千七百万人くらいの義士に首を狙われなければならない。

しかるに、それから発した事件は一世を震駭《しんがい》させた。ただ当時の世を騒がしただけでなく、これが無数の史書、小説、戯曲で「快挙」として喧伝《けんでん》されたために、もしこの一挙がなかったら、徳川時代というものがへそのないのっぺらぼうなものになるだろうと思われるほどの史上の花となった。

さっきいった歴史上の大事はぬきさしならぬ諸原因を持つという説と矛盾するようだが、私は、もしこの事件がなかったら、万延元年（一八六〇年）、ふりしきる雪の中の桜田門外の変はなかったのではないか、という気さえする。水戸の浪士たちの脳裡には、徒党を組んで大官を襲撃するという点で、この快挙への連想が相当の分量を占めてはいなかったか。――

そして、〝桜田事変〟がなかったら、五・一五事件も二・二六事件も起らず、ひいては太平洋戦争も起らなかったろう——というのは、半分冗談で、半分は本気である。これに似た事件がまた起らないという保証は全然ない。

とにかく、原因のくだらなさに比して、その影響の甚大なること、この事件にまさるものはない。

とうてい吉良上野介や大野九郎兵衛などの「常識人」の思慮の及ぶところではない。彼らはただ「世の中、まちがっとる」とつぶやくしかない。

さて九郎兵衛は、赤穂開城に際して城の金を分配するのに、身分によって差をつけるべきだ、と主張した。財政能力があって、浅野家の蔵相的立場にある彼としては、この問題について自分の意見を開陳する権利があると思ったにちがいない。

そして、身分による分配金の差は、ただ欲張りとか階級的固着観念からばかりではなく、身分によって奉公人の数にもちがいがあり、世帯の始末のしかたにも相違がある以上当然だと信じて疑わなかったにちがいない。

これまた一理のある証拠は、太平洋戦争の敗戦によっても、なお軍人の恩給に階級差があることでもわかる。九郎兵衛の論理を不当だというなら、この軍人恩給の差のほうがもっと不当である。大野九郎兵衛の悪口をいいながら、後代はやっぱり九郎兵衛と同じことをやっているのである。

これに対して、身分の上下を問わずみな平等にせよという論が出た。当時の人間も、こういう事態、こういう問題にはなかなかうるさかったのだなと思うし、論争白熱するところ、ついに九郎兵衛は生命の危険をおぼえる状態にまでなったのだから、彼の強情もただの物欲以上のものを想像させる。

この争いで九郎兵衛は義士たちの憎悪の標的となり、実際にも襲われそうな雲ゆきになって、家財はおろか孫娘まで残して急遽《きゆうきよ》赤穂から避難せざるを得ない事態に追いこまれた。これまたあの敗戦時の騒ぎのとき、無断でちゃっかり軍需物資をトラックに積んで逃げた昭和の軍人たちにくらべればよほど悲劇的である。

さて、これから大野九郎兵衛の、彼にとって何とも不本意な哀れな後半生が始まる。といっても、彼自身の消息については確実なことは杳《よう》として不明というしかないのだが、他家に嫁した娘は離別され、帰るべき家もないというので――おそらく夫も、妻に罪のないことを知っていたからであろう――離れ座敷に住んで夫に相まみえることなく生涯を終ったというし、孫は乞食にまでなり下がったという話から類推できる。

ただ『黒甜瑣語《こくてんさご》』という書に、甲府の定林山能成寺《じようりんざんのうじようじ》という寺の近くに、いつのころからか白髪雪のような老人が一人ひっそり住んでいた。相貌に気品あり、寡黙で、た

だ囲碁だけを好んでいたが、

「死する期《ご》（碁）は白黒とてもわからねど彼岸《かのきし》にては打たん渡り手」

という辞世を詠んで死んだ。一ト月ばかりのち、一人の侍が来て弔いをして墓を作ったので、その老人の名を聞くと、それが大野九郎兵衛だったという話が出ている。九郎兵衛は最後まで納得がゆかなかったのであろう。

彼の論理は、ついに世の容《い》れるところとならなかった。大衆の喝采《かっさい》を受ける正義はいくぶん狂気の分子をふくんでいる。大石内蔵助はそれを知らずして満足させたのである。と、いいたいが、内蔵助はおのれの狂気の論理が大衆を満足させることを看破していたのではないかと思われるふしがある。

こういう人物の敵ないし対置者になったほうは叶わない。しかも、大石の立派さを讃えようとすれば、心理上また作劇上のつり合いから、相手の敵役ぶりはそれに比例して誇張されざるを得ない。

事実でも物語でも、赤穂浪士事件の最大の被害者は吉良上野介だが、大野九郎兵衛やその一族子孫の薄運は、「大衆の正義」のいけにえというしかなく、その狂気の分子を含んだ正義をみずからはおこなう勇気を持たない民衆のうさばらし、もっと正確にいえば卑劣な残酷性によるといってもよさそうである。

秘密を知る男・四方庵宗編

……茶のあと、世間話となった。

客の小笠原佐渡守が、ふと、さっきこの茶室に案内してくれた侍二人の面だましいをほめ、失礼だが高家《こうけ》の侍らしからぬとつぶやいたのに、主人の上野介《こうずけのすけ》が、いや、あれは吉良の者ではござらぬ、上杉家から来ておる小林平七と山吉《やまよし》新八という侍でござる、と答えたことから、しばらく上杉家についての話となった。

吉良家の夫人・富子は上杉家から来た人だし、そもそも上杉家のいまの当主綱憲《つなのり》は上野介の実子であり、その綱憲の子、つまり上野介の孫・左兵衛義周《よしちか》がまた上野介の養子となるという濃密な縁に結ばれた両家であったからだ。

もう一人の客の大友近江守《おうみのかみ》が、奥方は、と聞くと、いま妻の居室のあたりを建替え中なので、ここのところ実家の上杉家に帰っている、と上野介は答えた。

「奥方は、その昔、上野介どのの男ぶりに恋着なされて、むりに上杉家から輿入《こしい》れなされて来られたそうで」

と、近江守が笑いかけると、

「まさにその昔……いや、古い古い話でござるわ」

と、上野介は苦笑した。

実際そういう話が嘘ではない、と思われる、老いても気品に満ちた上野介の顔であった。故実典礼の大家であるのみならず、書、歌、茶でも一流であり、かつは右のごとく上杉という名家と一体となっている家のあるじだ。その知的で上品な動作には、去年三月の殿中の騒ぎの際とやかくの評のあった醜態は影もなく、髪のせいか、そのとき傷つけられたというひたいの傷のあとも見えなかった。

きのうからの雪のために、夜にはいっても四界は寂寞《せきばく》としていた。

茶器を片づけていた老宗匠山田宗徧《そうへん》は、黙ってこれを聞いていた。

大友近江守は、何も知らないから、そんな話をしているのだ。しかし、わしは知っている。——あと数刻ののちにこの屋敷に訪れる運命を。

——四方庵山田宗徧は、当代一の表千家の宗匠であった。きょうの客小笠原佐渡守の茶道師匠を勤め、しばしば吉良家の茶会にも来る。

彼の弟子に、脇屋新兵衛という町人がいた。もとは上方の侍であったらしい――どころか、どうやら浅野の浪人らしいと宗徧は見ぬいている。

それで彼は、世に云々《うんぬん》される浅野の浪人たちの動きにも人一倍注意してきた。彼は上野介に不快感は抱いていなかったが、それ以上に浅野家の悲劇に同情を持っていた。

その脇屋新兵衛がこの十日にやって来て、近いうちに上方に帰ることになったが、ついては出立《しゅったつ》前にいまいちど斯道《しどう》についての心得を承《うけたまわ》りたい、いつお伺いしたらよろしかろうか、と聞いた。それに答えているうち、ふと十四日は吉良邸で茶会があるから都合が悪い、というと、新兵衛の顔色がさっと赤く染まった。

そして十四日のけさ、自在鉤《かぎ》を一つ手に入れたから見てくれ、と、また訪ねて来たが、きょうは吉良さまのところへお出かけでございますか、と上眼づかいに自分を見た。さりげない問いのようであったが、その眼は血走っていたようだ。

神も御照覧。彼らはおそらく今夜が明けぬうちにこの屋敷に推参する！

宗徧は直感した。そして彼は思案した結果、そのことは上野介に告げまい、と決心した。

で、彼はただ黙々としてこの茶室に待っていたのである。数時間後に死ぬ人間を見ている男。――

そんな例は、危篤の病人を見ている医者か、死刑囚を見ている牢役人のほかはまずあるまい。しかしその場合は、死んでいく人間もまたそのことを知っているか、少なくとも自分がその運命を迎えることを覚悟せざるを得ない状態にあるのである。

しかし、今夜、彼が見ている男は、まったくそれを知らず、いとも平静に茶をのんでいるのだ。

……おちくぼんだ眼窩《がんか》から、じっと自分を眺めている老宗匠に、上野介はなんとなく魔神のような鬼気に襲われ――しかも、その実体を知るによしなく、

「四方庵、ことしいくつか」

と、別れるときに訊ね、七十九、という返事を聞くと、

「寒中、老体をいとえよ。……おたがいに、長生きしようぞ」

と、やさしくねぎらった。上野介はしかしまだ六十一であった。

――以上は、もし四方庵宗徧が、脇屋新兵衛実は大高源五から真相を看破していたものとみての彼のようすの想像である。

ただし、いかに彼が数時間後の未来を知っていたとしても、その夜自分を案内してくれた上杉家の付人小林平七の曾孫《ひまご》に大画狂葛飾《かつしか》北斎が、山吉新八の末裔《まつえい》に、明治初年の福島県令山吉盛典《もりすけ》――大久保利通《としみち》遭難当日、最後に逢った男――などが出てくる

とは、想像のかぎりではなかったろう。

大石大三郎の不幸な報い

私事を申しあげるが、私は但馬《たじま》豊岡の中学を出た人間だが、この豊岡市の郊外に正福寺という寺がある。

その昔、このあたりの領主京極氏の家老石束《いしづか》源五兵衛がここに草庵を作っていた。この石束源五兵衛の娘が内蔵助《くらのすけ》の妻のりくである。

義挙の年の春、りくは内蔵助から山科《やましな》で離別され、十二歳になる次男の吉千代《きちちよ》、十一歳の長女のクウ、四歳の次女・ルリとともに実家のある但馬に帰った。彼女はなお身籠っていた。

りくはここで十二年あまりを過すのだが、その縁で遺髪はいまこの寺に祀《まつ》られてある。おかげで、中学時代、私たちは毎年十二月十四日、雪の凍りついた野原を、師走《しわす》の寒風に吹かれながらお参りにゆかされたものである。今から考えてみると、内蔵助ならともかく、何のために大石夫人の遺髪にお参りさせられたのかさっぱりわからない。

りくの胎内にあった子はここで生れた。三男・大三郎である。

生れて五カ月ばかりで江戸で討入りがあり、翌年二月、内蔵助は切腹を命じられたのだから、彼はまったく父と相まみえたことはなかった。

兄の吉千代は僧籍にいれられたが、大三郎のほうは十二歳のとき広島藩主浅野安芸《あきの》守《かみ》にひきとられた。芸州浅野は、播州浅野の宗家である。

しかもこの年齢で、彼は千五百石を与えられた。家老であった父・内蔵助と同じ石高である。まったく七光りのおかげというしかない。

しかし、そもそも偉大な父親を持っている男の子ははたして倖《しあわ》せか。大ざっぱにいって、余徳よりもそのために不幸を——少なくとも精神的に、束縛、劣等感に悩まされることのほうが多いと思われる。

それは平凡な父親を持つ他人の想像を超えたものであり、それは彼の父ですら知ることのできない心理ではあるまいか。

彼はのちに大石外衛《そとえ》良恭《よしやす》と名乗り、芸州浅野家の表番頭となり、六十九歳で歿したが、生涯に三度結婚し、三度とも離別している。

その理由はつまびらかでないが、おそらく妻やその縁戚の期待や買いかぶり、それに対する苦痛や反撥《はんぱつ》がその原因ではあるまいか。三度の離縁というのは、やはり異常に属することであり、かつ彼の生活があまり幸福ではなかったろうと想像させるものがある。

それどころか、彼は梅毒のために晩年鼻が落ち、食禄も五百石に下げられてしまった。そこで、こんな落首が書かれたという。

大石が召し出されしも内蔵のかげ鼻の落ちたもまたくらのかげ

またくらとは股ぐらをかけたのであろうが、私から見ると、まともに、また内蔵のかげ、といえないこともないような気がする。

梅毒の原因は放蕩《ほうとう》だろうが、その放蕩は父の幻の圧迫感から逃れようとしたものであったか、あるいはその父の性癖の遺伝であったか。

――いずれにせよ、父の内蔵助のおかげであったにちがいない。

しかも私は、大石大三郎の放蕩は、立場上、父の放蕩ぶりほど壮絶なものではなかったろうと想像する。しかも彼は病気にやられたのである。

いったい性病にかかるのは、飛行機に乗るようなものだ。何百ぺん乗っても大丈夫ですむ人間があるし、一ぺん乗っただけで落っこちる人間もある。

あれだけ盛大に悪所通いをした父がどうやら無事であったらしいのに、この子のほうはてきめんにやられたのを見ると、親の因果が子に酬《むく》い、というべきか、どこかくいちがったというべきか、とにかく父の余徳ならぬ余毒を、子の大三郎が全て引き受けたような気がして、はなはだ気の毒にたえない。

その後の叛将・榎本武揚

颯爽たる叛将

榎本武揚《えのもとたけあき》はまさしく英才であった。

少年時、昌平黌《しょうへいこう》に学び、青年時、海軍伝習所《かいぐんでんしゅうじょ》に学んだというのだから、現代でいえば東大を出て、防衛大学を出たようなものだ。そして二十代後半の五年間をオランダに留学した。当時、おそらく近代兵学、近代科学についての素養《そよう》において、彼の右に出る者はなかったであろう。

その自負《じふ》のゆえに、彼は帰朝して早々にぶつかった幕府崩壊の嵐の中にひとり屈せず、幕府艦隊をひきいて五稜郭《ごりょうかく》に立てこもり、官軍に猛抵抗して徳川の侍の最後の意気地を見せた。

その壮絶さが官軍の参謀黒田清隆《くろだきよたか》を感心させ、箱館《はこだて》戦争終結後、みずから坊主《ぼうず》になってまでして叛将《はんしよう》榎本の助命に奔走《ほんそう》するという美談を作り出した。

降伏後、牢《ろう》から出た榎本は、以後、海軍中将に任ぜられ、ロシアや中国の駐在公使、外務、海軍、農商務、文部等の大臣を歴任する。元幕臣、しかも新政府に対する叛将というハンディキャップを持つ人間としては希有《けう》の栄職である。いかに彼が有能であったかがわかる。

ただ、きれるだけでなく、榎本は快男児であった。

五稜郭の戦いのみならず、オランダへゆくとき、ジャワ海で嵐のため船が難破して名も知らぬ小島に漂着《ひようちやく》し、海賊船に襲われたが、かえって日本刀をつらねて海賊たちを制圧し船を出させたという逸話、海軍卿時代、隅田《すみだ》川に海軍の汽艇《きてい》二隻を浮かべ、芸者を満載してドンチャンさわぎをやったという快談、ロシア駐在公使の任を終えたとき、まだ鉄道もないシベリアを馬車で横断して帰国したという冒険など、あたかも武侠《ぶきよう》物語の主人公の観がある。

しかも、写真で明らかな通り、日本人には珍しいほどの颯爽《さつそう》たる美丈夫《びじようふ》である。まさに人物、行状、風貌《ふうぼう》、男の中の男といっていい。

福沢諭吉の舌鋒

この榎本武揚にして、私の見るところでは、その人生において重大な二つのミスをした。人生のミスはなにも彼にかぎったことではないが、いかにも武揚らしくないミスである。ミスというより、誤判断だが――。

一つは、例の福沢諭吉《ふくざわゆきち》の「瘠我慢《やせがまん》」問題に見られる福沢との鞘《さや》当てである。

明治三十四年（一九〇一）、福沢諭吉は『瘠我慢の説』という文章を発表した。実に福沢が死ぬひと月前のことである。

彼は、国家も個人も瘠我慢が大切である。平時において大国に対して小国が独立を保つのも瘠我慢の精神、戦時において国敗れんとするも最後まで全力をあげるのも瘠我慢の精神だとして、維新時なお戦う力があるのに幕府を売ってしまった勝海舟《かつかいしゅう》を嘲《ちょう》罵《ば》した。兵乱のために人を殺し、財を散ずる禍《わざわ》いを軽くしたかも知れないが、一国の士風をそこなった罪はそれより重いとしたのである。さらに、それはなお許すとしても、維新後、勝が新政府の栄爵《えいしゃく》の地位を得るのは何ごとか、と弾劾《だんがい》した。

そしてまた彼は、ほこさきを榎本武揚にも向ける。

榎本が、すでに滅亡した徳川武士の意気地を見せようとして五稜郭で戦ったのはまさしく瘠我慢の見本であっぱれなふるまいだ、たとえ敗れて牢に投じられたとしても、勝敗は兵家の常でとがむべきではない。しかし、そのあとがいけない。

「氏が放免の後に、さらに青雲《せいうん》の志を起こし、新政府の朝に立つの一段に至りては、我輩《わがはい》の感服する能《あた》わざる所のものなり」

と、福沢は言い、榎本よ、君はいま青雲の志をとげて安楽豪奢《ごうしゃ》に余念《よねん》がないかも知れないが、夜雨秋寒くして眠る能《あた》わず、残燈明滅独《ひと》り想《おも》うのとき、五稜郭で君に殉《じゅん》じて戦死したいくたの部下たち、またそのあとに残されて路傍《ろぼう》に彷徨《ほうこう》した母や子たちを想像して腸《はらわた》を寸断されることはないか、と述べ、榎本のいま世に処すべき唯一の路《みち》は、坊主となって死者の菩提《ぼだい》を弔《とむら》うか、そうでなければせめて世間の耳目《じもく》から隠れてひっそりと生きるべきである、と断案《だんあん》を下した。

実はこの文章を公開する前に、福沢はこれを勝と榎本に見せ、これについて何か言いたいことがあれば言え、という手紙を送った。

維新時まっさきに両刀を捨てた「平民」福沢諭吉から、「士道」についてのこの公開状をつきつけられて、勝海舟のほうは、行蔵《こうぞう》は我に存す、毀誉《きよ》は我に関せず、そのまま公表されても毛頭《もうとう》異存なし、という風のような返事をよこし、榎本のほうは、目《もっ》下多忙《かたぼう》、そのうち愚見《ぐけん》を述べる、と、ぶっきらぼうに言って来たが、それだけで、以後何も言って来なかった。実は福沢の文章を読んで、彼は真っ赤になって激怒したといわれる。

高級直参対下級藩士

この『瘠我慢の説』は明治三十四年に発表されたのだが、実際は十年前の明治二十四年に書かれたもので、それはその年福沢が興津《おきつ》に遊んだとき、そこの清見寺《せいけんじ》の境内《けいだい》に建ててある一つの石碑を見たからである。

明治元年（一八六八）八月、榎本は幕府艦隊をひきいて北海道へ向かったが、途中房総沖で暴風のため艦隊四散する難に遭った。その中の一隻咸臨丸《かんりんまる》は清水《しみず》港までおし流されたところを官軍方の攻撃を受け、おびただしい死者が海に浮かんだままになった。それを土地の遊侠《ゆうきよう》清水の次郎長《じろちよう》なるものが一々ひろいあげて、ひそかに葬った義挙を伝えるための石碑であった。

咸臨丸は福沢が、勝艦長とともにはじめてアメリカへ渡ったときの船である。「それからの咸臨丸」の悲運に万感をもよおしながらこの記念碑を見た福沢諭吉は、その裏面に、「人ノ食ヲ食《は》ム者ハ人ノ事ニ死ス。従二位榎本武揚」と彫《ほ》りこんであるのに気がついて、帰京後たちまち『瘠我慢の説』の筆をとり、かつその内容をひそかに勝と榎本に示したのである。

榎本の文字は徳川に殉じた侍たちを悼《いた》んだものだが、福沢は、徳川の禄《ろく》を食《は》みながらついに徳川家のために死ななかったやつが、えらそうに何を言うか、という心情を勃然《ぼつぜん》と発したのであった。

そして、これについては福沢と榎本の間に、明治の劈頭《へきとう》早々に、次のようなただならぬいきさつがあったのだ。

明治二年（一八六九）六月、降将として箱館から東京に送られた榎本武揚が、辰《たつ》ノ口《くち》の牢獄にいれられたまま、それっきり消息が絶えてしまったのを、榎本の老母や姉たちがひどく案じているといううわさをふと耳にした福沢諭吉は、榎本とは一面識《いちめんしき》もなかったにもかかわらず、榎本の最後の勇戦ぶりに感心していたこともあって、義侠の一肌《ひとはだ》をぬいだ。

彼はひそかに武揚が牢で健在であることを調べて家族に知らせてやり、牢獄に書物その他を差し入れてやり、はては武揚の母に代わって助命嘆願書まで書いてやり、さらに黒田清隆と相談して釈放運動に奔走さえしたのである。

ところがである。やがて釈放された武揚は、この福沢の労にまったく酬《むく》いることがなかったのだ。どうやら出獄後、礼のあいさつにさえゆかなかったらしい。福沢の尽力のことは家族から聞かなかったはずはない——いや、それどころか彼自身獄中で、福沢から差し入れられたオランダの化学書も受けとったのに、これに対して彼の感想は、

「実はこの方《ほう》一同、福沢の不見識《ふけんしき》には驚きいり申し候。もそっと学問ある人物と思いしところ存外なりとてなかば歎息いたし候。これくらいの見識の学者にても百人余の弟子ありとは、我が邦《くに》いまだ開化文明のとどかぬこと知るべし」

と、姉宛《あて》の手紙に書いたようなものであった。

榎本は、福沢から差し入れられた化学書があまり初歩的なものであったので、かえってむっとしたのである。

彼の語学力、また西洋知識についての自信は絶大なものがあった。自分の履歴《りれき》についてのプライドは天より高かった。おそらく、直参《じきさん》、最初の留学生、徳川艦隊司令長官のコースを経た彼は、九州の小藩の下級武士出身で、いまは市井《しせい》に塾をひらいているだけの福沢という男が、自分のために多少の奉仕をしてくれようと、町人が殿様に犬馬《けんば》の労をとってくれたぐらいにしか思わなかったのではあるまいか。

背を向け合う定め

武揚は、福沢諭吉について誤判断をやったのである。何より福沢は、榎本に劣らぬ強烈なプライドを持つ男であった。

これについて、のちに諭吉は言う。

「榎本釜次郎《かまじろう》と私とは、刎頸《ふんけい》の交わりというわけではなし、なにもそんなに力をいれるほどの親切のあろうわけもない。ただ幕府のやつのいかにも無気力不人情ということが癪《しやく》にさわったので、そこでどうでもこうでも助けてやろうと思ってかけまわりましたが、その節毎度妻と話をして、いまでもおぼえています。

私の申すに、さて榎本のために今日はこの通りに骨を折っているが、これはただ人間一人の命を助けるばかりの志で、ほかになんにも趣意はない。

元来榎本という男は深く知らないが、ずいぶん何かの役に立つ人物にちがいない。少し気色の変わった男ではあるが、何分にも出身が幕府の御家人だから殿様好きだ。いまこそ牢にはいっているけれども、これが助かって出るようになれば、後日あるいは役人になるかも知れぬ。そのときには例の通りの殿様風でぴんぴんするようなことがあるかもしれない。そのときになって殿様のぴんぴんを見たり聞いたりして、ヤレ昔を忘れて厚かましいだの可笑《おか》しいだのという念が兎《うさぎ》の毛ほども腹の底にあっては、これは榎本の悪いのではなくこの方《ほう》の卑劣というものだから、そんなことなら私は今日ただいまから、一切の周旋《しゅうせん》をやめるがドウだ、と妻に語れば、妻も私と同説で、さような浅ましい卑しい了簡《りょうけん》は決してないと申して、夫妻かたく約束したことがある」

こんなことを言っているが、しかし福沢諭吉は、忘恩の人間に対しては世の常すぎて憎しみを禁じ得ない性格であり、かつまた世の常すぎて執拗《しつよう》性を持つ性格であった。

三十年後、彼が榎本武揚に弾劾状《だんがいじょう》をはなったのは、武士道の倫理以上に、やはりこのいきさつが心の底層にわだかまっていたからに相違ない。

榎本のミスというのは、しかしこの弾劾を受けたこと自体もさることながら、せっかく終世親交を結ぶべき機縁がありながら、その福沢を一種の敵にまわしてしまったことだ。

福沢は自己主張も強い人であったが、他人のためにもその宣伝に一役買うことをいとわない人物であった。一方榎本は、プライドは高いのに、自分の功業を書き残すことには甚《はなは》だ不熱心な人物であった。プライドが高ければこそ、自己宣伝には潔癖《けっぺき》感を持っていたのかも知れない。そのために、彼は自分のためのだれよりも強力なスポークスマンになってくれる可能性を持つ人間を、みずから失ってしまったのである。

人生には、相結んだり、あるいは相結ぶべき機縁を持った人間同士が、ほんのちょっとしたきっかけで、生涯背を向けあう運命になることがあるが、福沢と榎本の仲がそのいい例だ。

しかも両人とも、天狗《てんぐ》同士とはいうものの、福沢は平民たることを念願とし、榎本もまた平生ベランメエ調で、好んで市井《しせい》の博徒《ばくと》などと交遊し、死んだときは「江戸市民葬」の観を呈《てい》したというくらいの人間だから、相合う一面も共有していたろうに、惜しいことである。

黒田清隆の庇護

榎本はおそらく悪意なく、うっかり福沢諭吉を無視して、黒田清隆と結んだ。

黒田は五稜郭で、頭を丸めてまで自分の助命を請《こ》うてくれた人間だ。あるいは榎本は、東京の牢から救ってくれたのも主として黒田の力によると考えたのかもしれない。

おまけに清隆は、薩閥《さつばつ》で、西郷《さいごう》、大久保《おおくぼ》につづくと目された人物である。ふとっ腹で、熱血漢で、自分より有能な人間にはきわめて謙譲な、つまり将に将たる器《うつわ》を持っていた。彼は榎本の抵抗を敵ながらあっぱれと感心し、殺すには惜しいと判断し、のちには榎本の知識に感服して、これを新政府に登用《とうよう》することを推挽《すいばん》した。男が男に惚《ほ》れた見本である。

榎本が黒田に恩義をおぼえ、よくこれに応《こた》えたのは当然である。

ただしかし、彼が黒田と密着したのは、結果からみれば必ずしも彼のプラスには当たらなかった。

黒田は右のような美点を持つ反面、放胆《ほうたん》がすぎて破れ太鼓的なところがあり、しかも酔って妻を斬殺《ざんさつ》するような狂的な酒乱《しゆらん》で、晩年は長州閥《ちようしゆう》の伊藤博文《いとうひろぶみ》や井上馨《いのうえかおる》にいいようにあしらわれ、政界でも不遇な立場に追いやられて、三宅雪嶺《みやけせつれい》から「黒田の後半生は無用である」と喝破《かつぱ》されたような運命をたどった人物だったからだ。

榎本が自分の長男に、黒田の娘を嫁に迎えるまでに結びついてしまったのは、まさに腐れ縁といっていい。

とはいえ、榎本が明治の大官となったきっかけは、やはり黒田のおかげにはちがいないのだから、これは榎本のミスとは言いきれない。

それより、そもそも彼はなぜ五稜郭で死なずに降伏したのか。

生き残りの論理

福沢は榎本の降伏そのものを責めはしない、とは言っているけれど、言外に、彼はあそこで死んだほうがよかったのではないか、と見る考えが流露《りゅうろ》している。この福沢の「机上《きじょう》の士道論」に対して、榎本はともかく事実上の士道をつらぬこうとした男である。幕府艦隊をひきいて嵐の海を北上するときから、榎本はむろん死を決していたにちがいない。死を怖《おそ》れるような卑怯《ひきょう》な男なら、はじめからそんな壮挙に身を投じるはずがない。

が、五稜郭で最後の関頭《かんとう》に立たされて、彼は降伏した。そのとき彼は自決《じけつ》しようとして周囲からとめられたというが、実際はおそらく彼は生きたかったのだ。降伏前に、自分の所有するオランダの『海律全書《かいりつぜんしょ》』を、これは皇国無二の書だから、自分の死とともに失わせるのは惜しい、と敵将黒田に贈ったという「美談」は、しかし黒田に対する彼のある意志の信号であったろう。

そうまでして榎本がなお生きたいと望んだ真意は何か。それはおそらく自分の能力や知識についてのナルシシズムに近いまでの自負だろう。

長崎海軍伝習所やオランダで、近代海軍や科学技術について修業したのは何のためか。それをほとんど役立てずにここで消滅してしまうのは、断じて自分のためのみならず、国家にとっても痛恨《つうこん》の極みである。

榎本は大まじめにそう想到《そうとう》して、あえて降伏の道をえらんだにちがいない。

彼のこの希望は達せられた。彼はまさしく明治政府の大官の一人となった。

ただしかしである。彼は明治の最良官僚といわれるほどの働きはしたものの、元幕臣の過去を持つ身はしょせん異分子であり、薩長閥がんじがらめの政府で与えられたのは、ついに伴食《ばんしょく》大臣の地位にすぎなかった。一年ほど海軍卿の職についたことはあるが、なにしろ明治十三年ごろの、海軍ともいえない時代の海軍卿であった。

それに、他の方面でも、新政府以来、イギリス、ドイツなどへ続々と新しい留学生は派遣され、文久《ぶんきゅう》、慶応《けいおう》時代における彼のオランダ留学体験は、彼の自負するほど役に立ったとは思われない。

榎本自身は、五稜郭前後の苦難は、若い日の勇み足、はからずも逢着《ほうちゃく》した一挫折《ざせつ》であって、それ以後の働きこそ自分の人生の真骨頂《しんこっちょう》だと思っていたかも知れないが、実は五稜郭こそ彼の人生の花が壮絶に咲ききった時点と場所であったのだ。

死は大半の人々にとって挫折だ。しかし、奇妙なことに他から見れば、それが挫折であればあるほど、その人の人生は完全型をなして見える。信長は本能寺《ほんのうじ》で死んだから信長なのである。

たしかに榎本は、それ以後も有用な働きをした。しかし五稜郭で叛将の旗のもとにはなばなしく戦死していたら、維新の嵐の中の最大のヒーローとして、もっと時代を鼓舞《こぶ》する有用な歴史的人物となったかも知れないのだ。

人は無用に生き、有用に死ぬこともある。福沢の『瘠我慢の説』は、あながち無いものねだりでもなかったのである。

これを榎本のミスだというのは酷《こく》かも知れないが、彼が後半生に満足していたとすれば、客観的には彼の誤判断の一つにはちがいない。

明治四十一年（一九〇八）十月に彼は死んだ。数え年七十三歳であった。

その病名が不明である。死の前後の様相も伝えられていない。前に述べたように、「市民葬」の観を呈したというのに、明治時代、これほどの人物でありながら病名もわからないということが、明治における彼の立場を物語っている。

妖人明石《あかし》元二郎《もとじろう》

公平に見て、明治時代のほうが、それ以後よりも「妖人」が多いようだ。特に、政治家、軍人にその傾向がある。

妖人とは、その個性、行状に、怖ろしくつじつまの合わないものを持つ人間の意味である。

たとえば、みずから「一介の武弁」と称し、カタブツの見本のような山県有朋でさえ、明治天皇が死ぬ一ト月半ほど前、枢密院の会議で、コクリコクリと居眠りをはじめたのをジロリと見て――そのとき天皇の糖尿病が深く進んでいるのを知らなかったとはいえ――軍刀をドンと床について天皇を目覚めさせる、という行為をやっている。

そのくせ、大正十年現天皇（編註・昭和天皇）が外遊から帰国して来たとき、若き皇太子のお召艦《めしかん》を迎えるいんいんたる皇礼砲のひびきを小田原の古稀庵で聞きながら、八十四歳の有朋はひれ伏して涙を流していた。——どう考えても、つじつまが合わない。

それから見ると、太平洋戦争にかかわった近衛とか東条とかの政治家軍人たちは、もっとそれなりにつじつまが合っている。あるいは、小さくまとまっている。しかし彼らは大失敗をやったのである。私は、これはどうも明治後半から完備した教育制度のせいではないかとも思う。帝国大学や陸軍大学が、つじつまの合った人間ばかりを秀才として作り出し、送り出したせいではないかと思う。

では、そんなもののなかった徳川時代はどうか、というと、そのころは国民のすべてが士農工商の鉄箱にいれられていた。その鉄箱が打ち壊されて、全人的なエネルギーの所有者だけが世に躍り出した。それが明治時代であったと思う。

もっとも、それでもなお薩長閥という枠はあったが。——

明石元二郎なども、まさに明治の妖人の一人だろう。

日露戦争終結時、勝ったはずの日本は全力を使い果していた。敗北つづきのロシアにはまだ余力があった。しかもニコライ皇帝はなお戦争をつづける意志を持っていた。それなのにロシアがそこであきらめざるを得なかったのは、レーニンなどの指揮による国内の革命運動が激しくなって、オチオチ戦争をしていられない状態になったからだ。このロシアの革命党を煽動し、彼らに武器、資金を与えるという謀略活動をやったのが、ヨーロッパ駐在の陸軍武官明石元二郎大佐であった。『機密日露戦争』は、「日露戦役戦勝の一原因もまた明石大佐ならざるか」と書いているが、まさしく明石は一個人をもって、おそらくは第三軍司令官乃木希典よりも有能な働きをやってのけたのである。

知らない人は、この明石大佐が、まるで外国のスパイ映画にでも出て来るような、水際立った凄腕を持つ半面、あちらの舞踏会に出してもおかしくないようなエレガントな、日本人離れした武官だと思うだろう。

ところが、実物はそうではない。それどころではない。「汚い男」というのが士官学校時代からの彼の定評であった。

とにかく服は破れていても放りっぱなし、靴は泥だらけ、身体は垢《あか》だらけ、士官学校時代にも洟《はな》をたらしていて、ときどき鼻糞をまるめて食う。よほどのことがなければ顔を洗ったこともなく、歯をみがいたこともない、という大変なゴーケツだ。どこかに坐っていれば、数時間のうちにまわりを乱雑無比の状態にしてしまう。書いたものは、あんまり紙をよごしてしまうので判読するにも骨がおれる。便所の草履をはいたまま平気で外出するし、人の前でも放屁を連発して恬然《てんぜん》としている。醬油もつけず刺身を食って、人に注意されるまでは気がつかない。袴《はかま》に足をいれるのも面倒くさがって、前垂れみたいに前に下げて人に会ったという。のちに大将になってからも、金に困って喜捨を乞う人が来ると、「よし、これを持ってけ」と、財布をポンと投げ与えたりするが、感泣して帰ってひらいてみると、中には一円もはいっていなかったなどということがよくあったという。彼は、財布の中身をみんな使ってしまったことも忘れていたのである。

不精《ぶしょう》、無造作《むぞうさ》、無頓着《むとんちやく》で知られた菊池寛もこれほどではなかったろう。

これでよくまあヨーロッパ駐在武官として、さらには謀略将校としてその任務を果したものだと驚くが、しかしこういう豪放さが、かえって有効だったのかも知れない。彼は、ロシアの革命党の秘密アジトなどへ、呼ばれた通り平気で乗り込み、向うの要求通り無造作に大金を与えたりしているが、これがいちいち神経質に相手を疑うタイプであったりすると、かえってうまくゆかなかったかも知れない。

とにかく明石は、日露戦役の謀略将校として第一級の功績をあげたのである。

その明石が、記憶にとどむべき第二の姿を、やがて日本の保護下にある韓国の駐在憲兵隊長として現わす。そして日本に対して抵抗の波をひろげる韓国人に徹底的な弾圧策をとるのだが、それに彼は、日本の憲兵一人に対して、数人ずつの韓国人の憲兵補助員をつけるという奇策を案出した。多くはごろつき、ルンペンのたぐいであったが、これがめざましい働きをした。おそらく彼は、日本の岡っ引がいつも数人の手先を使っていた故智に学んだのではあるまいか。それにしても弾圧しようとする国の人間に武器と金を与えるのだから、大胆なやりかたではある。これがやがて併合への強力な布石になるのだが、韓国人にとって明石は、実に魔人のごとき存在となった。その豪快さは味方にとっては愛すべきものであったが、敵にとっては怖るべきものであった。

ところで、本誌（編註「太陽」）の本号のテーマは薩摩藩と長州藩だが、明石は福岡県人である。明治の陸軍はいうまでもなく薩長閥――とくに長閥の色彩に塗りつぶされていたが、それからはずれた有能な軍人の生涯はいかなるものであったか、という例も一興だろうと考えて、ことさら明石元二郎をとりあげて見たわけである。

そもそも国の興亡をかけての大戦争の時期に在外武官という役目を与えられていたのが、すでに傍流の証拠である。陸軍としても明石に、あのような大活動を期待したわけではなかったろう。朝鮮時代についても、彼は少将で憲兵隊長となっている。使命は重大にちがいないが、これまた通常のコースからはずれた人事としか思えない。

しかし彼は、そのいずれにもケタはずれの凄腕を発揮して、人々をあっといわせた。

この実績はだれしも認めないわけにはゆかない。当時から、「明石は陸軍大臣でも総理大臣でもやれるのじゃないか」という評が高かった。

にもかかわらず、大正五年、そのころ彼は中将の最古参となっていて、当然第一師団長になるべきところを、第六師団長として熊本へ飛ばされた。さすが無頓着な彼も、憮然たる顔をしていたという。

が、大正七年、ついにわれわれは、記憶にとどむべき明石元二郎の第三の姿を見る。彼は大将となり、台湾総督になったのだ。

歯もみがかない不精男が、ヨーロッパ駐在諜報武官となり、朝鮮憲兵隊長となり、台湾総督となる。それらを結ぶ線が、第三者の常識的な脳髄では何としても結びつかない。バラバラな感じで、しかも事実は明石元二郎という人間で結びついているのである。そこに私は妖の印象を与えられる。

しかも、さらにその印象の総仕上げをするのは、最後の台湾総督時代の彼の異様な老衰ぶりである。

彼がその栄光の地位についたのはまだ満で五十三歳であったのに、その顔貌に接した旧友が、

「おい、明石はいったいどうしたんだ?」

と、たがいに茫然と顔を見合わせたくらいであった。かつて人間離れした精力絶倫をうたわれた男が、である。

実際、おびただしい勲章で飾った晩年の総督時代の写真をいま見ても、七十くらいの老人としか思われない。

四十代の諜報武官、憲兵隊長としての凄じい働きが、彼の一生分の精力を消耗させつくしてしまったのであろうか。——そういうこともあろうが、私はそれより、彼がそれ以後の意外な足ぶみに——主な原因はやはり長閥はずれのせいであったろう——じれて、クタビれてしまったような気がしてならない。

とにかく彼は台湾総督になった。しかもわずか一年にして、身体不調のため帰国静養の途につき、門司に入港しようとした船上、とどめの脳溢血で倒れた。

「人間とは、モロイものだなあ。……」

というのが彼の最後の言葉であった。

Ⅳ

今昔はたご探訪

根来寺

紀州根来寺《ねごろでら》の縁起は古い。平安の末期に出来たものでいちじは堂塔二千七百余坊をかぞえたという。

そして何よりも精強な僧兵を擁している寺として海外にまで知られた。「明史」に「根来僧常に兵杖を帯び、殺人を事となす」と書かれ、戦国時代に来朝した伴天連ヴイレラも「彼らは騎士団員のごとく、その職業は戦争である」と記録しているくらいだから相当なものだ。

のみならずその一派が徳川家にガードマンとして、甲賀伊賀とならぶ根来組として召抱えられたので、私はしばしばこれを徳川忍び組として小説に使った。

いまはむろんそんな歴史の痕跡もとどめない。数年前私が訪ねたとき、新和歌浦から乗ったタクシーの運転手がその名を知らないほどであった。

まさか平安のころの建物などであるはずはないが、ふとそんな錯覚を起こすほど古く、かつ大きい。どこかで沢山の坊さんの読経の声が聞え、かつ国宝の大塔などもあるのに、境内には夏草が蓬々と生いしげり、古池には睡蓮が満ち、高い軒からぶら下がった梵鐘には撞木《しゆもく》さえないといったありさまであった。半ば崩れた巨大な山門のかげから、袈裟頭巾をつけた忍法僧がヌーと現われて来てもちっともおかしくないほどである。

寺を下って紀ノ川沿いに車を走らせていると、夏の赤い赤い夕焼けに、コーモリが何千羽と飛び交わしているのが、これまたその昔の忍法僧の化身ではないかと思われるほど妖異であった。

今昔はたご探訪——奈良井と大内

昭和九年に出た『木曾福島関所』という本に、当時の今井登志喜東大教授が書いた序にこんな一節がある。

「……四歳の時私は故郷の諏訪から父に背負われて、菅に虫下しの禁厭《まじない》に連れてゆかれた。藪原の宿《やど》で行燈《あんどん》のそばに坐って、物哀しい気持で夕飯をとったことをおぼろげに記憶している。そのとき鳥居峠の茶屋で売っていた瓢簞を欲しがって、泣いて父を困らせて、ついに買ってもらった」

おそらく明治十年代の記憶ではないかと思われる。そのころのさびしい木曾の旅路を影絵のように浮びあがらせる。

いわゆる木曾十一宿（二十三里——九十二キロ）のうち、奈良井の宿《しゆく》は、贄川《にえかわ》につぎ北から二番目に当る。そこから南へ鳥居峠を越えると、右の文章に出て来る藪原の宿《しゆく》である。

いまでは汽車もあり、鳥居峠の下には自動車用の大トンネルも通じ、よほど物好きなハイカーででもなければ、鳥居峠を越える者はない。

そこを、無理に車で越えてみた。車のすれちがいも不可能なつづら折れの悪路である。道には落葉とともにいっぱいトチの実が落ちていた。これが昔のいわゆる中山道《なかせんどう》か、と、感にたえていたら、途中、別に「旧中山道」と立札のある幅一メートルくらいの道が、暗い杉林の中へ消えていた。私の越えた道も、また「新道」であったのである。

何にしても、北から来る旅人は奈良井に泊って、元気をつけてこの峠を越すことが多かったろうし、南の藪原のほうから越えて来る旅人も、奈良井に泊って休むことが多かったろう。

――いったいその昔、一方に平坦な東海道があるのに、なぜ江戸と上方との往来に中山道をえらぶ者が少なくなかったかというと、東海道には大井川とか天龍川とか富士川とか幾つかの大河があって、しかも幕府が自己防衛の政策から橋をかけさせないものだから、今とちがってちょっと雨がふると、たちまち増水して川止めになってしまい、旅程はめちゃめちゃになる。それにくらべて中山道にはそんな心配がないから、みな山越えの苦労を忍んで、こちらのコースをとる人が多かった。

例の十返舎一九の『続膝栗毛』に、弥次さん北さんが奈良井の宿《しゅく》に泊るところがある。

——両側の旅籠《はたご》より女ども立ち出で、

「モシモシお泊りじゃござんしないか。お風呂もわいていずに、お泊りな、お泊りな」

「お泊りなさんし、お夜食はお飯でも蕎麦《そば》でも。おそばでよかァお旅籠安くしてあげませず」

そこで二人が、夜食を蕎麦にするといくらだ、と訊《き》くと、百十六文だという返事にそれにきめ、さて食事となると、蕎麦が二杯来た。

北八が、

「こっちのほうが蕎麦はいいが、下地《したじ》の悪いにはあやまる」

と、こぼしながら平らげて、もう一杯と所望すると、食事はそれだけだといわれ、

「旅籠が安いもすさまじい。銭を出すから飯をくんねえ」

「なんのこった。やっぱり高くつくわ」

と、頭をかかえる描写がある。

もっとも一九のこういう木曾弁には、木曾から抗議を申し込まれたらしい。

蕎麦二杯でまだ足りないというのは、おそらくもりかかけであったせいだろう。志賀直哉の『豊年虫』に、「……蕎麦は黒く太く、それが強く縒《よ》った縄のようにねじれていた。香《か》が高く、味も実にうまかった。私はこれこそ本統の蕎麦だと思った。ただ汁だけがいかにも田舎臭く、折角の蕎麦を十二分に味わわしてくれなかった」と書いたのは上田の話だが、信州の蕎麦に対する東京人の批評は江戸時代以来のものらしい。

蕎麦はともかく、そういうわけで、かつてその戸数を「奈良井千軒」とか呼ばれたそうで、木曾路屈指の繁昌に酔っていた奈良井だが、明治になって東海道に橋がかけられ、東海道線が走り、やがてここにも中央線が通じてから、宿駅としてはみるみる衰微した。

それが第三者にとっては、いいことであったかも知れない。――つまり、狭い木曾路に、それ以外の新産業が起り得ず、従って町の形態が、まあまあ昔のままの姿をとどめることになったのである。

近来の観光ブームの目玉商品の一つに、「古い日本」への回顧趣味に属するものがあり、その要求に応えたのがこの木曾路南端の馬籠《まごめ》や妻籠《つまご》だ。これはそのための意志につらぬかれて保存されているが、奈良井はそれほど積極的な意志はなく、天然自然に残ったという感じである。

町のあちこちに、裏山から流れて来る水を利用して共同で使う「水場《みずば》」と、漆器を売る店が目立つくらいの、あとは格子の多い家並がつづく、ひっそりとした長い町だ。馬籠、妻籠ほど観光地化していないので、往来は閑静である。

それでも、このごろ新しく出来たという民宿の看板がちらほら眼につく。――その中で、ひときわ心ひかれるのが、「越後屋」のたたずまいだ。

古風なガス燈風の軒燈や、昔ながらの看板に、「えちごや」と書き出されてある。連子格子の間の玄関から土間にはいると、天井からぶら下がったランプや自在鍵などを隔てて、奥深い座敷がずっと遠くまで見える。梁《はり》も柱も廊下も古い箪笥《たんす》も黒びかりしている。かつて囲炉裏《いろり》を焚いていたころの煤を拭《ふ》いて、拭いて、拭きつづけて来た結果のつやである。

この越後屋は、民宿ではない。ちゃんとした宿屋で、しかも奈良井では、昔からいちども切れたことのないただ一軒の宿屋だそうだ。

その奥座敷に通される。裏はすぐ中央線で、ときどき電車の轟音が走る。これはこの奈良井にかぎらない。木曾の町々の大半が、汽車の音からのがれられない。なにしろ木曾川がうがつ狭い谷の中の町に、街道を通し、鉄道を通さなければならなかったのだから。

座敷にかかげてある色紙には、

「そばの味
水の味
木曾はいつでも
秋の味
　大学老詩生」

と、ある。宿のおばあさんに訊《き》くと、堀口大学先生がお泊りの際書いてもらったものだという。

私は、清澄な蒼空を背景に、木曾のどこでもむらがってゆれていた曼珠沙華《まんじゆしやげ》やコスモスの花と、木曾福島のくるま屋で食べた、ふとい、香の高い蕎麦のうまさを思い出した。

おばあさんはことし八十になるそうだが、驚くべくしゃんとしている。この越後屋には、昔から旅の風流を愛する著名な作家や詩人もよく泊っていったらしい。なにしろ、建てられたのが寛政年間というから、かれこれ二百年近くになる。

おばあさんは、木曾福島関代官山村甚兵衛（代々その名を称した）の家来筋、つまり士族の出で、実家は中津川にあり、十八のときここへお嫁に来たそうだ。年から逆算して、大正初年のことだろう。

ちょうどそのころ越後屋は、明治末年の鉄道開通で奈良井そのものが打撃を受けたあとで、宿屋だけではやってゆけなくて、「奇應丸」という漢薬製造の下請けもやっていたという。わずか二十数里の距離でも、木曾と中津川では言葉から風習作法までちがい、おまけに嫁にはきびしい土地で、薬作りの手伝い、零下十何度という寒中、水場からの水運び、囲炉裏ばたに坐っても、嫁はゴザだけという待遇。——そういうことが中津川の実家でもわかったらしく、戸のあくたびに娘が逃げ帰って来たのではないか、と、思ったという。

「まるで、何もかも夢のようでございます」

と、いまおばあさんは、おだやかに、むしろ懐しそうにふり返る。

夫も数年前八十何歳かで亡くなって、いまやこの古雅な宿の実質上のあるじは、このおばあさんらしい。そして娘さん夫婦と、家族だけでこぢんまりと宿屋をいとなんでいる。

古い宿屋としては小さい家は、すみずみまで拭きぬかれ、日本風の檜の風呂一つを見ても、いかにも注意がよくゆきとどいている感じである。

——ところで、いつのまにか私は、どこかへ旅行するとき、そこに西洋式のホテルがあったらそれを選び、日本式旅館は敬遠するくせがついていた。ことわっておくが、私はハイカラには縁の遠い男である。

そのわけは、まず第一に、日本式旅館は、客と従業員の接触がホテルより人肌がかようために、よければいいが、万一これが悪いと、印象のすべてが悪くなるからだ。

いつかの夏も北海道をまわったとき、宿の女中さんがあまり忙がしそうに見えるので、同情して、

「夏の北海道の宿屋は大変だね」

と、慰めの言葉をかけたのだが、

「なんですか」

と、女中はむっとふくれあがっていってしまった。全然調子が合わない。彼女としては疲れ果てて、のんきそうな客までがシャクにさわっていたにちがいない。日本式旅館は、こういう危険がある。

第二は——あとで紹介するが、明治十一年に日本に来て、臨時傭いの案内人だけで、ただ一人で田舎を旅行したイサベラ・バードという英国女性の旅行記があるが、その

中で、彼女が泊っている部屋の襖が何度も音もなくあけられてのぞかれることを述べ、日本の宿屋の「プライバシーの欠如は怖ろしいほどだ」と、いっている。これは明治のみならず、江戸時代でも、また日本中のどこでも同様であったろう。

そして現代では、まさかこれほどではあるまいが、それでもやはり隣室との境は薄い板壁一枚などということが多く、隣室の物音に悩まされる怖れが多分にある。少し離れていても、傍若無人なドンチャン騒ぎの大音響は、だれにもおぼえのあることだろう。

第三は、私の場合これが一番大きな理由なのだが、食事があてがいぶちだということが甚だ困る。右の北海道旅行でも、どこへいっても蟹ばかりというのには閉口した。蟹は決してきらいではないけれど、三日もつづくと往生する。またいつか、京都の有名な日本式旅館に泊ったときも、三日間全然同じ献立を出されたのにも降参した。

とくにこのごろは、頭といっしょに胃袋も硬化して、絶体絶命ラーメンが食いたいと思っているときに鯛の刺身を出されても――たとえそれが第一級の板前の包丁にかかったものであったとしても、胃袋は満足出来ないのみならず立腹する。日本式旅館だと食事代込みだから、消極的に欲張って膳に向うけれど、いつもその三分の一ないし半分の料理は手つかずに残す。

これは私ばかりでなく、食い物についての好みも多様化した現代では、だれでも同感ではあるまいか。だからこれからは、旅館でもホテル式に食堂を作って、どうしても食事代込みの料金をもらいたいなら、その宿代に合わせて食堂で好きなものを注文するという形式にしたほうが、客によろこばれるのではなかろうか。いまでも朝食など食堂にしている旅館もあるけれど、何となく人手不足をおぎなうためだけの、間に合わせの感じのものが多い。もっとこの様式を本格的にしたほうがいいと思う。

はからずも、日本の宿屋論を述べる始末になった。

――しかし、その昔のつつましやかな旅人たちは、宿で出される料理はどんなものでも、大御馳走として満足してたいらげたに相違ない。

ところで、この奈良井の宿だが、むろん、土地名産の漆塗《うるし》りの膳をならべられた。鱒《ます》の魚田《ぎょでん》、鯉《こい》の洗い、とりのからあげ、里芋のあんかけ、山芋のせんぎり、とうがんに辛子味噌をつけたもの、豆腐、胡瓜の酒粕まぶし、かぼちゃの煮たもの、しいたけと卵の吸物、つけもの、味噌汁など、みな土地でとれるものばかりである。そして、江戸時代からあるものばかりである。

私は決して菜食主義者ではないが、どれも大変うまかった。味に――おそらく八十歳のおばあさん直伝であろう――こころが、こもっていた。

で、右のような宿屋論者の私だが、こういう宿屋なら、日本風のものも決して捨てたものではない、と、思い直した。

大内へ向かう。

こんな部落があろうとは、私はいままで知らなかった。

十五年ほど前、車で栃木県の鬼怒川から山王峠を越えて会津にいったことがある。そのとき、この南会津郡下郷町大内という部落のすぐ近くを通ったはずなのだが、この村についての特別の関心を向けるような話も聞かなかった。たとえ通っても、車では気がつかなかったかも知れない。古代遺跡のかけらでも、見る人が見なければ土のかたまりに過ぎない。

何でも民俗学者の宮本常一氏の弟子にあたる人が、「会津の茅手《かやて》」の調査研究の旅で、偶然この部落を発見し、昭和四十四年に朝日新聞やNHKで放送されてからとみに有名になったということだ。それも知らなかった。「おおうち」ではない。土地の人は「おうち」と呼ぶ。

白すすき吹きなびく山間《やまあい》の道をゆくと、その奥にこの部落がある。わりに広い通りの両側に、きれいで冷たげな山の水の流れる側溝があり、ちょっとした前庭をおいて、さらに両側に古い茅《かや》ぶき屋根の家が、整然と二十数軒ずつ並んでいる。それが大通りに面して、みな家の側面を向ける配置になっているのが奇観である。いま私たちが見ると、これだけ立派な茅ぶき屋根の家が集落を作っていることすら異様の感を与える。それがなぜ近年になって世に知られたのか。

実はこの村を通る道は会津西街道といって、かつては会津藩はもとより、米沢、庄内、越後新発田《しばた》などの各藩が江戸と往来するとき、ここを通過したのである。ところが、明治になって福島県令となった三島通庸《みちつね》が、この大内をはずして栃木へ通ずる別の新しい道を作ってしまった。かくて大内は置き忘れられることになったのだ。

ここは、かつて大名の泊る本陣すらあった宿駅であった。とはいえ、当時から殷賑《いんしん》をきわめていたとはいいがたい。

享保のある手鑑に、「左程にぎわいのところと申しあげるほどには御座なく候」とあり、天明年間、幕府の巡検使に随行した古川古松軒の『東遊雑記』にも、「大内止宿。この辺一向山岳のみにて記すべきことなし」とあるだけだし、さきに記したイサベラ・バードが旅行したのも、三島県令以前の明治十一年のことなのだが、「私は大内村の農家に泊った。この家は蚕部屋《かいこべや》と郵便局、運送所と大名の宿所を一緒にした屋敷であった。村は山にかこまれた美しい谷間の中にあった」とあり、ほかの土地にくらべて記述はいとも簡単である。

つまりここは、特別の集落でも何でもなく、当時最もありふれた日本の山間の一小駅に過ぎなかったのだ。

それがいまやわれわれの眼には、まるでタイムマシーンに乗せられたような、ふしぎな景観として眼に映じることになった。実は逆に、時の流れから置き忘れられたおかげである。奈良井は明治の汽車のために、大内は明治の官僚のために。――ただ、奈良井の場合はなんといっても中山道にあるが、大内はもともとが右に述べたような奥羽山中の部落であったせいで、その置き忘れられかたがいっそう甚だしい結果となった。

ここを訪れて知ったことだが、大内の本陣の一家は、その後村を出てゆき、落魄《らくはく》していまではそのゆくえもわからないという。

知る人には知られたとはいうものの、それでも村は秋の日の光の中にひっそり閑としている。赤い蓼《たで》の花がゆるやかに風にゆれている。往来がやや坂になっているので、側溝の水は急湍《きゅうたん》のように早い。そのせせらぎで、女たちが大根を洗って、家の前の庭に干している。それぞれの家の前にある何坪かの庭を、ここではオモテといい、その昔、ドチャ馬と呼んだ荷駄馬の荷物の積み換えの場所として使ったそうだ。

大根のみならず、その葉っぱまでていねいに干してある。編菜《あみな》というそうだが、実に江戸期のあるころ、大内ではこの編菜が副食物ではなく主食であったことをあとで知った。

ただ、みものである茅の屋根群のなかに、近年変えたらしい赤や青のトタン屋根がいくつかある。プレハブの建て増しをやっている家もある。これが甚だ目ざわりであり、残念だ。このごろ民宿という収入があり、また電源開発の補償費がはいったせいらしい。

その民宿の一つ「松川屋」に泊って、御亭主からいろいろ話を聞く。

御亭主の話によると、「寛文のころ」からのものだという古い家の二十帖敷きの大広間だ。壁も柱も煤けに煤け、六、七メートルもある高い屋根裏の茅も真っ黒だ。奈良井の場合は、昔ながらの宿屋だったから、それを拭きぬいてつやつやしていたが、これは煤けっぱなしで、それはそれとして墨のような味がある。ついでにいえば、寛文とは例の伊達騒動で原田甲斐が刃傷《にんじよう》を起したころで、その原田甲斐もここを通ったという記録があるそうだ。いまから三百年以上も昔の話である。

さて、囲炉裏で火を焚きながらの御亭主の話である。

茅ぶき屋根はぜんぶとりかえると、いま一軒五百万円くらいかかる。だいいち茅ふき職人というものがいなくなった。――さっき「茅手」の調査研究という言葉を出したが、この茅ふき職人のことを茅手というのである。

そこで文化庁にこの部落を文化財と指定してもらい、お国から保護してもらおうという意見も出て、一方で木曾の馬籠などへいっていろいろ調べて来たのだが、そういうことになると家の修繕もままならぬ。その他なかなか煩《わずら》わしいことも多いということがわかって尻込みしている由。

その上、若い連中が、「おれたちを三百年昔にひき戻す気か」といって、村を出てゆくという悩みがある。

聞けば、いちいちもっともである。

日本そのものに観光に来る外国人だって、日本人がみなチョンマゲをゆって、へちま棚の下で夕涼みでもしている風景ばかり見せられたら、神秘的な国だとかワンダフルだとか恐悦するにちがいない。

だからこの大内でも、茅の屋根をだんだんトタンに変えてゆくのも、あるいは無理からぬ変化だろう。トタンのほうが安く、かつ地震にも火事にも、茅屋根より安全なことはいうまでもない。見物に来る者と、現実に住む者の意見はまったくちがう。

ただ、しかし、である。何としてもトタン屋根はいただけない。それにくらべて茅の屋根には一種の美がある。

歌でも風景でも、耳や眼になずむと、次第に心にもなずむという現象がある。心になずむと平安の感が起り、やがて美の感覚さえ起る。私など、幼少年のころまだ茅や藁《わら》の屋根が少なくなかったから、そのせいかも知れない、と、いちどは考えた。

しかし、やはりそうではない。トタン屋根などもずいぶん昔から見て来たが、いつまでたっても眼にも心にもなずむことが出来ない。どう見ても、安っぽい。近代建築に馴れた若い人も、茅の屋根のほうにはやはり一種の美を感じるだろうと思う。そのものの持つ本来の美と醜というものはあるのである。

建築には、その機能や安全や費用以外に、美しさの要素というものを考える必要がある。それが村なり町なりの美観を形成し、はてはそこに住む人々の感性にまで影響する。どうか日本の建築家や大工さんに、日本風建築の屋根の新しい素材を研究してもらいたい。

ついでにいえば、屋根のみならず私の感覚では、例のセメントむき出しのブロック塀、プレハブ住宅も感心しない。あれで平気な顔をしているのは、日本の建築家や大工の恥辱であり、かつ日本人そのものの建築フィーリングのレベルを疑わせる。費用の問題ではない。日本よりも貧しい国で、もっと美しい町を作っている国はいくらでもある。

茅の屋根の下で、私はこんなことまで考えた。ともあれ、世から忘れられ、あまりに貧しくて改築も不可能であったため、天然自然に昔のままのかたちをとどめ、その見物客のために民宿まで出来た部落が、金がはいり出したために改築してかたちを変えてゆくというのは悲喜劇である。しかも、この変化をしょせんふせぐことは出来ない。一見したいと思う人は、お早いうちにおゆきなさい。

夕食は、鱒の塩焼き、精進揚げ、大根とこんにゃくとさつま揚げの煮つけ、キクラゲのごまあえ、その他山菜のごまあえなど、三、四種。素朴な田舎料理であった。奈良井の味よりもっと「野趣」がある。

暖かい飯を食わせようとして、電気ガマのまま出してくれたのはありがたいが、ときどき家族も茶碗を持って現われて、その電気ガマから飯をしゃくい出しに来たのには驚いたが、微笑もさそわれた。そもそもこの茅の大屋根の下に電気ガマがあるのが可笑しい。亭主どのも、秘蔵のマタタビ酒などかかえてそばに坐り込む。まだ客扱いにも馴れず、従って無機的でなく、人なつこいのである。民宿も悪くないな、と思った。

しかし、今は今として、昔の旅はどうだったのだろうか。

例のイサベラ・バードが、この大内の南方、栃木県へ越えたばかりの、大内とほぼ同規模の五十里《いかり》の宿《しゆく》でこんなことを書いている。「私の泊った場所はこの宿駅の本陣で、丘の上にある。大きな納屋のような家で、片側の端が馬小屋で、反対側が居間になっている。中央には多量の産物が輸送されるばかりになっており、一団の人々が、桑の枝から葉をむしりとっている。昔、大名は江戸にゆく途中にここで泊るのが常であったから、大名の間と呼ばれる客座敷が二つある。十五フィート（約四メートル半）の高さで、天井はりっぱな黒材で、障子は格子細工の名にふさわしいりっぱな造作である。襖《ふすま》には芸術的な装飾が施してあり、畳《たたみ》は清潔でりっぱである。床の間には金の蒔絵《まきえ》の古い刀掛けが置いてある」（平凡社刊『日本奥地紀行』高梨健吉訳）

明治十一年の記述だが、旧幕時代も同様であったろう。

この大内の本陣で、文政年間、参覲交代《さんきんこうたい》の会津藩主がとった昼食の献立が残っている。

しいたけ、キクラゲ、スズコ、わらび、里芋を煮たもの、岩魚《いわな》の煮びたし、それに吸物だけである。（この中のスズコは、いまの辞書で調べるとスジコと同じとあるけれど、奥羽の山中で、しかもこの料理にスジコが出て来るのはおかしい。私は土地の

植物の一種ではないかと思う）

お供の家来の献立はこうだ。

卵とスズコと芋、豆腐とわらびの汁、つけもの。

料理というものは、活字にしてならべるとさも御馳走らしい錯覚を起すが、現実に宿で右の料理が出て来たら、そのわびしさに現代のわれわれは憮然とするだろう。これが本陣におけるお大名や家来の食事だが、私が食べた奈良井や大内の食事にははるかに劣る。

それでは、一般民衆の旅籠はどうであったか。

五十里から四キロほど南の藤原の宿《やど》についてバードはこう書いている。

「……この宿屋は、台所、すなわちあけっぴろげの調理場と、下手《しもて》に馬小屋、上に小さな二階があり、部屋を仕切ることが出来る。私が散歩から帰ってみると、私が通らなければならない場所は、六人の日本人がまったくの部屋着でたむろしていた。そこをどいてもらって、私は部屋に落着き、書き物をはじめたが、まもなく無数の蚤《のみ》が出て来たので、軒下の縁側に逃げ出した。ちょうどハマトビムシが砂浜からとび出して来るように、蚤は畳からとび出して来るのであった。ところが縁側でも、蚤は私の手紙の上にとび上って来た。上から藁が出ている外壁が二つあって、その割れ目には虫がはいっていた。はだかの垂木《たるき》にはくもの巣がかかっており、古くなった畳は汚なかった。御飯は黴臭《かびくさ》くて、米をちょっと洗っただけのものであった。卵は日数をよほど経たしろものであり、お茶も黴臭かった」

また五十里と大内の中間にある川島の宿《しゆく》について――これは大内の二倍はある宿場だが――こう述べている。

「宿屋はまったくひどかった。台所には、土を深く掘った溝に大きな薪を入れて燃やしていたが、ひりひりする煙があたり一面に充満していた。私の部屋はがたぴし障子で仕切ってあるだけだったから、その煙から免れることは出来なかった。垂木は、煤と湿気で黒光りしていた。……私の食べられるものは、黒豆ときゅうりの煮たものだけであった。部屋は暗く汚なく、やかましく、下水の悪臭が漂って、胸がむかついた」

まあ、こういう状態であったのだ。

イサベラ・バードの日本旅行の最大の敵は、蚤と虱であった。そういえば芭蕉も、『奥の細道』で「蚤虱《のみしらみ》馬の尿《ばり》する枕もと」と、日本の宿を句にしている。

ただし、芭蕉なればこそ蚤も虱も風流のたねにしたので、そんな風流心のない一般庶民の昔の旅は、蚤虱ごときには麻痺していたろうが、ただ貧しく、むさ苦しく、怖ろしくくたびれるものであったにちがいない。

しかし、その旅を辛《つら》いものと感じたかというと、日本人はやはりそれを愉しいものと感じたに相違ない。それは現代の日本人の旅好きを見てもわかる。たとえ昔の貧しさとはだんちがいとはいえ、同じようなレジャー人間に押し合いへし合いの休日旅行や、言葉もわからない外国の集団旅行が、それほど快適なものとは思えないのに、何かといえば家を出て歩きまわり、走りまわるのを好むのが、日本人の強烈な好奇心から発したふしぎな習性である。

この習性は、旅が安全だったということにも原因し、かつそのことで養われたと思われるふしもある。砂漠もなければアルプスもない。ツンドラもなければジャングルもないというおだやかな土地と気候の国である。それ以上に、同一民族のおかげで、人間同士の危険性がきわめて少ない。講談にこそ山賊や雲助が出て来るけれど、実際そんなものもいたろうが、まず珍しかったにちがいない。営業的な山賊やゆすり専門の雲助の存在が不可能な国なのである。

女性の身でたった一人で明治初年の奥羽を旅したバードは、その結論をこう書いている。

「世界中で日本ほど、婦人が危険にも不作法な目にもあわず、まったく安全に旅行出来る国はないと私は信じている」

私は、昔の人の旅は、商用よりもむしろ諸国見物の旅が多かったのではないかと思っている。その商用ないし所用の旅も心では物見遊山化したのではないかと思っている。いかにつつましやかなものであったにせよ、それは平生の、小さな、苦しい、束縛の多い生活からの魂の飛翔であったのだ。

そしてそれは現代の日本人も同じことではあるまいか。

暗愁の山陰

私は但馬の生まれだが、幼少時両親を失ったせいもあって、二十歳《はたち》のころに上京して以来、ほとんど帰ったことがない。それでも、まあ故郷にはちがいないのだから、片方の指で数えるくらいは帰郷したこともあるのだが、それもふるさとへ帰るというより、旅人に近い心境であった。

で、とにかくいまの但馬も見ていることになるのだが、しかし眼をつむると、いまの但馬の風物は一切消えてしまって、暗い視界に浮かんで来るのは、少年時の記憶にある昭和初年の但馬なのである。

いや、私に昭和二十年を記録した「戦中派不戦日記」という日記がある。敗戦の年の六月、私はまだ学生で、東京で爆撃を受けてやむなく帰省していたのだが、そのころすでに、その日記にこんなことを書いているのだ。

「けぶる雨の中に、冷たい暗い光をはなつ但馬の風物。山陰は山陰という名でだいぶ損をしていると評した人もあるが、自分は実に適当な名だと思う。山陰は暗い。澄んでいる。寂寞《じゃくまく》としている。そこに山陰の美しさがある。こういう雨の日に窓外を見ているときほど、幼い日を想い出し、身もふるえるような郷愁に襲われることはない。もっとも今は帰省しているのだが、幼い日の故郷に対する郷愁である」

そのころから私が懐しがっていたのは、母の生きていたころの但馬だけであったらしい。

春の休暇が終って、まだみぞれのふっている但馬を出て、東海道線を熱海あたりまで来ると、碧い空の下に蜜柑がたわわにかがやいているのを見て、同じ日本か、という感慨にいつもとらえられずにはいられなかった。

ところが去年の春、やはり「旅人」のつもりで十数年ぶりに帰って、道路や家々のたたずまいはむろん一変しているけれど、それにもかかわらず依然として暗愁の匂《にお》いをふくんだ但馬の早春の風を肌に感じたとたん、ただその風の感触だけで——ちょうど鮭《さけ》が生まれた川の匂いを嗅《か》ぎあてたような——涙ぐみたくなるほどの懐しさに襲われたのである。

その少年時代、私は鳥取より西へいったことがなかった。それが去年の秋、はじめて大山《だいせん》へいった。——ただし、飛行機で米子《よなご》まで飛んだのだが。

志賀直哉が「暗夜行路」で、主人公の時任《ときとう》謙作を大山に登らせるのは、大正三年の直哉の旅行によるものだが、そのころの大山を彼は次のように描く。

「大山《だいせん》といふ淋しい駅で汽車を下りた。車夫を呼んで訊くと、大山までは尚六里あるとの事だつた。それも俥《くるま》で行けるのは初めの三里で、あとは徒歩で行くのだといふ」

「三里来て、其所《そこ》からはもう俥は通はなかつた。老車夫は、俥を百姓家に預け、麻縄で荷を背負つた。謙作は麻帷子《かたびら》の裾を端折つた」

「龍膽《りんだう》、撫子《なでしこ》、藤袴《ふぢばかま》、女郎花《をみなへし》、山杜若《かきつばた》、松虫草、吾亦紅《われもこう》、その他、名を知らぬ菊科の美しい花などの咲乱れてゐる高原の細い路を二人は急がずに登つて行つた。放牧の牛や馬が、草を食ふのを止め、立つて此方《こつち》を眺めてゐた」

そして謙作は、大山神社の近くの蓮浄院という宿房に泊る。昼ごろから夕方までかかったらしい。

いまではむろん、車で一走りだ。あっというまに大山神社のすぐ下まで着いたが、便利もよしあしだと感じた。

ただ途中のドライブ・ウエイの両側にそそり立つ、人間が何人か手をつながなければ抱え切れないほどの杉の大木群には感嘆した。極力これを残したものと思われたが、しかしそれでも、おびただしい巨木が切り倒されたにちがいない、と想像しないわけにはゆかない。

私たちのいったのはウイークデーで、しかも雨の日であったのに、神社前の石段や坂道には、数も知れぬ参拝の人々の行列が延々とつづいていた。その大半は、中国地方のお百姓さんたちのように思われた。やはりいまでも信仰の山なのだろう。

さらに奥の大神山《おおかみやま》神社に登る。途中石だたみの道は紅葉黄葉に埋まって、文字通り錦を踏んでゆくようだ。

時任謙作はさらに山頂をめざし、三分の一ほど登ったところでへたばるのだが、その位置からでも、

「謙作は不図《ふと》、今見てゐる景色に、自分のゐる此《この》大山がはつきりと影を映してゐる事に気がついた。（中略）それは停止することなく、恰度《ちやうど》地引網のやうに手繰《たぐ》られて来た。地を嘗《な》めて過ぎる雲の影にも似てゐた」

というすばらしい描写の景観を見る。私は大神山神社だけでひき返したのだが、たとえそれ以上登ったとしても、その日は雨と霧のために遠いところは見えなかったろう。

天狗党始末

結党

幕末期に、尊王・攘夷・佐幕・開国と入り乱れる内部の争いのあったのは、大なり小なりどの藩でも同様だが、いずれも急速に結着しているのに、水戸藩に限って、抜き差しならぬ血で血を洗う状態になったのには、水戸藩だけの特別な事情があった。

それは、水戸藩が徳川御三家の一つであるということと、それにもかかわらず尊王攘夷の思想の発源地が水戸にあったということである。

この思想は、古く黄門様（徳川光圀《みつくに》）に発する水戸学に因するものだが、幕末の原動力となったのは水戸（徳川）斉昭《なりあき》だ。

これに藤田東湖《とうこ》をはじめとする藩政の革新派

――主として下級藩士――が結びついて、いわゆる「天狗党」となった。天狗党とは、斉昭自身が、鼻が高いのではなく「志の高い」連中のことだ、と認めて、そうよんだのである。

一方、これに抵抗する保守派――主として上級藩士――も、水戸家が御三家の一つであるだけに根が深い。徳川本家が苦しむ攘夷論をなぜ水戸家が主唱するのか、という不満のうえに、天狗党をのさばらせれば自分たちの身分や生活も揺るがされるという不安が重なっていたからである。彼らは派を組んで「諸生党《しょせいとう》」と称した。

物事が途方もない大事となるのは、ただ根が深いばかりではなく、悪い巡り合わせも入り込んでいる。

はじめ天狗党は、主君の斉昭に加えて藤田東湖という傑物を指導者として、水戸藩の主流となっていたのだが、諸生党もまた結城寅寿《とらじゅ》という俊才を得て、これと渡りあう勢いを示すに至った。しかし、東湖が生きていれば、のちの内戦をよぶような事態にはならなかったろう。

ところが、安政二年（一八五五）の江戸の大地震で東湖が急死した。

この奇禍が、思いがけぬ飛び火をよぶ発端となる。東湖亡きあと、結城寅寿の存在をけぶたがった斉昭が、さしたる理由もないのに、これを上意討ちで抹殺してしまったからだ。ホープを失った諸生党は、これを理不尽な処刑とみて、深く怨みを結ぶに至った。

斉昭としては、幕府に攘夷を実行させようとしただけで、討幕など夢にも考えたことはなかったのだが、ともかくも一人の権力者が一つのイデオロギーを熱烈に鼓吹《こすい》した時、いかなる猛火をよぶかという、よくある歴史の見本が、ここに展開されることになる。

それはやがて水戸藩に対する密勅事件を引き起こし、いわゆる安政の大獄を引き起こし、さらに、水戸浪士による井伊大老（直弼《なおすけ》）襲撃事件を引き起こす。

そのあと斉昭は心臓病で急死（万延元年）するのだが、火はなお広がった。

元治元年（一八六四）三月、東湖の遺児で、二十二歳になる藤田小四郎が、筑波山に攘夷の旗揚げをしたのである。

挙兵

斉昭の死後、水戸藩内部では、勢いを盛り返した諸生党と天狗党の争いはいよいよ陰にこもって繰り返されていたのだが、この泥沼状態に業《ごう》を煮やした藤田小四郎が、三〇〇人の同志を集め、水戸の町奉行をやっていた田丸稲之衛門《いなのえもん》を大将に迎えて、筑波山に屯集した。

これもけっして討幕のためでなく、この示威によって天下に攘夷の気勢を上げようとしたのだが、この時水戸の実権を握っていた諸生党はこれに討っ手を向けた。ついに両者は戦闘の火蓋を切ったのである。

斉昭のあとを継いで、江戸藩邸にあった藩主慶篤《よしあつ》は——これがきわめて優柔不断な殿様で、かねてから両派の統制を取りかねていたのも、この内戦を招くに至った原因の一つだが——自分が乗り出さないで、水戸支藩の青年大名松平頼徳《よりのり》（宍戸藩主）に命じて、これを鎮めさせようとした。八月、松平頼徳は一〇〇〇の家来を率いて水戸に向かった。

ところが諸生党は、この藩主の命令の執行者（松平勢）が、水戸に入ることを拒否したのである。

それは、水戸の天狗党に武田耕雲斎という重臣があって、東湖の妹を長男の妻に迎えているという縁はあったものの、必ずしも小四郎の突飛な行動に賛成せず、自分は江戸にある主君のもとへ陳情に行くために出府中、たまたま右の用件で水戸へ下って来た松平勢と行き合って、これと合流して引き返して来たのが諸生党のつむじを曲げさせたということもあるが、とにかく諸生党としては、たとえこのさい主命に逆らっても、はね上がりの天狗党をいっきょにたたきつぶすには、この機をおいてない、と覚悟を決めていたのである。その指導者は市川三左衛門という人物であった。

松平頼徳は事の意外に狼狽して、ともかくも那珂湊《なかみなと》を本拠として、あらためて諸生党と談判しようとしたが、やはり武力の争いとならざるを得なかった。

そこに筑波の藤田軍が参加した。一方、水戸の諸生党軍には、幕府若年寄の田沼意《おき》尊《たか》が幕軍を率いて来援した。

こうして元治元年（一八六四）夏から秋へかけて、松平・武田・藤田合わせて三〇〇〇の那珂湊勢は、幕軍・水戸藩諸生党合わせて六万の連合軍と戦闘を繰り返した。六万といっても、幕軍はいやいや駆り集められた諸藩の烏合《うごう》の衆で、戦闘そのものは一進一退であったが、松平軍にしてみれば幕軍と戦うなどまったく不本意な意外事であったため、九月下旬になって主将頼徳が、幕軍の好餌《こうじ》に乗せられて単独降伏し、ために天狗党は敗退のやむなきに至った。

松平頼徳は江戸に行って事の次第を陳弁するという約束のもとに降伏したのだが、幕軍総督田沼意尊はこの約束を無視して、無惨にもたちまちこれを誅殺《ちゆうさつ》した。

武田耕雲斎と藤田小四郎は残兵一〇〇〇を率いていったん常陸《ひたち》北端の大子《だいご》村まで敗

走したが、ここで最後の決戦をするよりは、いっそ京に上って自分たちの真意を訴えようと軍議を定めた。自分たちは反乱軍ではない、ただ故斉昭公の攘夷のお志を継いだだけであるということを、できれば朝廷に、少なくともこのころ禁裡《きんり》守衛総督という地位にあった徳川慶喜《よしのぶ》（斉昭の愛児）に訴えたいという望みを起こしたのである。

こうして約一〇〇〇の天狗党軍がはるばる上洛《じょうらく》の途についたのは、十月三十日の未明であった。

彷徨

彼らは「尊王攘夷」と書いた無数の幟《のぼり》をはためかし、数十騎の馬を連ね、一二門の大砲を引いて行軍した。大砲は斉昭が黒船を撃退するために、水戸領内の梵鐘《ぼんしょう》や金銅仏《こんどうぶつ》を鋳《い》つぶして造った、口径九・三センチメートル、長さ一・八四メートルというしろものだが、重さは一トン以上あった。引くのは水戸から徴発した農民や途中から加わった浮浪の徒である。士分の者は陣笠をかぶり、あるいは鉢巻をしめ、陣羽織をつけ、緞子《どんす》の袴に朱鞘《しゆざや》の大小を差すといったいでたちであった。

彼らは、野州《やしゆう》（栃木県）・上州（群馬県）を横切って西へ進んだ。

むろん、無事な旅ではない。幕府からは道程の諸藩に天狗党討伐の指令が飛び、各地で小競り合いが起こっている。そのため天狗党も、迂回したり、あと戻りしたりの難行軍であった。それでも上州の下仁田《しもにた》では、高崎藩兵と戦ってこれを撃破したが、天狗党のほうもこの時十二歳の少年戦士野村丑之助などを戦死させている。

上州から信州（長野県）へ入るにも、さすがに中山道の碓氷《うすい》峠の関所は通れず、けもの道といってもいい標高一三六八メートルの内山峠を越えている。

このあたり、馬も歩けぬ山岳の波濤《はとう》ともいうべき嶮路《けんろ》で、ここをただ人力で馬を引き、大砲をかついで登ったのだ。京へ行くのが目的だが、雲煙のかなた西を望んで、彼らは自分たちの目的に疑いを生じたにちがいない。

毛を逆立てた豪猪《やまあらし》のような彼らの武者ぶりの一例として挙げる。内山峠を越えたその日の夜、平賀村という村に宿営したが、この平賀村の名主があとで代官所に提出した始末書が残っている。

……賊徒ども、村内数百か所、篝火《かがりび》を焚《た》き、番人とおぼしき者、切火縄に鉄砲相《あい》かかえ、または白刃、槍等を持ち、厳重に出口を相固め、時々騎馬武者見まわり……。

まさに、疲労はおろか、眠りさえ知らない超人的集団というしかない。

しかし彼らの警戒も当然ではあったのだ。信州に入って三日目、和田峠で、またも諏訪高島藩・松本藩連合の二〇〇〇の藩兵と大戦闘を交えている。

標高一五三一メートルというこの山岳戦で、天狗党はこの敵をも撃破した。

この勝利で、天狗党の勇名は信濃路で泣く子も黙るほどになった。彼らは声高らかに歌って進軍した。

水戸の天狗に刃向かうやつは
出らば出てみろ　ぶっ殺す

天狗党は伊那路から木曾路を越えた。馬籠《まごめ》では、島崎藤村の父（島崎正樹）がやっている本陣にも泊まって、隊士の一人がつぎのような歌を残していっている。

木曾山の八岳《やたけ》ふみこえ君が辺《へ》に草むす屍《かばね》ゆかむとぞ思ふ

彼らはやがて美濃《みの》に入ったが、鵜沼《うぬま》まで来て、驚くべき情報を聞いた。禁裡守衛総督徳川慶喜が天狗党を賊軍と認め、みずから兵を率いて、こちらに向かっているというのだ。

徳川慶喜――それこそは、彼らが信仰する故斉昭公の最も愛されたお子であり、それゆえに彼らがいま志を訴えるべく万里の道を歩いて来た目的の人であった。

天狗党は立ちすくんだ。慶喜様に降伏すべきか、戦うべきか。判断に苦しんだあげく、彼らは慶喜と衝突することを避けて、北方へ迂回する道を選んだ。美濃から越前に入り、そちらから京へ行こうとしたのである。

そちらから行ったとしても、無事に京に入れるという保証はない。これはただ、さしあたっての方途に苦しんだ錯乱的彷徨であった。このわれわれの苦衷《くちゅう》を、慶喜公もお察し願いたい、という念願からの行動であったかもしれない。

しかし、彷徨とはいえ、これはあまりにも恐ろしい道であった。彼らは美濃の西方を南北に縦断する根尾谷《ねおだに》渓谷沿いに北上したのだが、時は厳冬期なのである。鵜沼に宿営したのが十一月二十九日のことだが、これは現代の暦にすれば十二月二十七日に当たる。真冬、いまこのコースをたどっても、そうとう以上の冒険になるにちがいない。それを彼らは防寒具もなにもない袴に草鞋《わらじ》という姿で、大砲を引いて越えていったのである。

果たせるかな、彼らは、人跡まれな山中で、降りしきる雪の中に佇立《ちょりつ》して一夜を過ごすというような惨苦を味わわなければならなかった。万丈の雪をかき分け、ようやくたどりついた山中の村々は、幕府の先回りした命令のために、すべて焼き払われていたからである。

常陸を出る時は、敗軍とはいいながら、まだ精悍《せいかん》の軍容をとどめていた天狗党も、このころになると亡霊の行進に等しい姿と化していた。

そして彼らは半死半生で越前に入り、木《き》ノ芽《め》峠を越えて新保《しんぼ》村（福井県坂井郡三国町）という村に達した時、幕府の命令を受けて前面に待ち受けている加賀藩以下三万の敵と相対さなければならなかった。

ここで天狗党は力尽きた。

天狗党に降伏勧告に来た加賀藩の軍監《ぐんかん》永原甚七郎は、「天狗党はあのまま捨ておいても、饑餓のために全員死ぬだろう」という報告書を出している。

懸軍万里、常陸から越前まで、大半、山岳地帯ばかりを越えて来た天狗党が、ついに降伏したのは十二月十七日のことで、那珂湊を出てから約二か月後のことである。

その間彼らは、戦いつつ、ひたすら歩きに歩きつづけて来たのである。

壊滅

この壮絶な旅をつづけて来た天狗党を、加賀藩は武士の礼をもって受け入れたが、運命の魔手は彼らを離さなかった。水戸で戦った幕軍総督の田沼意尊が、こちらに回って来ていて、天狗党の引渡しを命じたのである。

天狗党があれほど頼りにしていた徳川慶喜は、この田沼の引渡し命令に、われ関せずといった顔をしていた。

天狗党はことごとく敦賀《つるが》の海辺のニシン蔵に投げ込まれた。

そして、翌慶応元年（一八六五）二月一日、酸鼻《さんび》な処刑が始まった。

武士の面目を保つ切腹すら許さず、斬罪を命じられた者が三五二人、斬罪を命じられた者が三五二人、遠島が一一遠島が一一
人、水戸藩への引渡しが一三〇人、その余は追放――士分の者は、ほとんど斬罪であった。

敦賀の来迎寺《らいごう》という寺の境内に、三間四方の大穴が掘られ、その縁で三五二人は四日に分けて斬られた。藤田小四郎も斬られた。武田耕雲斎も斬られた。田丸稲之衛門も斬られた。山国兵部《やまぐにひょうぶ》（稲之衛門の実兄。天狗党の軍師格であった）も斬られた。斬り手の大半は、かつて井伊大老を水戸浪士に討たれた彦根藩の侍であった。

その井伊のやった「安政の大獄」ですら、死罪はわずか八人に過ぎない。三五二人、いっきょに死刑にしたというのは、徳川初期のキリシタン殉教は知らず、前代未聞だろう。これを聞いた薩摩藩の大久保利通は「幕府滅亡の表《あらわれ》」といった。

一方、水戸藩でも、市川三左衛門以下の諸生党は、塩漬けにされて送り届けられた武田耕雲斎の首を耕雲斎の妻に抱かせた姿勢で斬首し、遺族たちもことごとく処刑したのをはじめ、天狗党の家族の大半を斬ったり、水牢に放り込んだりした。同じ城下

町に住んでいるだけに、かくも藩を悩ませた天狗党に対する憎しみは、諸生党にとって骨まで徹《とお》るほどのものであったのだ。

そして彼らは勝利の美酒《うまざけ》に酔った。

復讐

三年後の明治元年(一八六八)、驚天動地の運命の逆転の日が到来した。

幕府が崩壊したのである。

混乱その極に達した水戸に、白面の一青年が帰還して来た。それは耕雲斎の孫の武田金次郎であった。

天狗党の長征にも加わった金次郎は、当時まだ十七歳であったためか、危うく死刑をまぬかれて遠島を命じられたが、幕末動乱のゆえにそれも行われず、小浜《おばま》藩に預けられたままになっていたのだが、天狗党の烙印《らくいん》は忽然としていまや彼の面上に輝く降《ごう》魔《ま》の金印となり、朝廷から水戸粛清の任を下されて帰って来たのである。

こうして、今度は諸生党に対して血の報復が始まった。

武田金次郎は天狗党の残党をよび集め、諸生党関係者を片っぱしから処刑していった。二十歳に成長した彼は、復讐の鬼と化していた。

彼らはそろいの細布《さいみ》——布目の荒い麻を細布という——の羽織を着、白刃をひっ下げ、犠牲者を求めて水戸の町を横行した。ために「さいみの羽織が来た」という叫び声は、諸生党の関係者ではない人々をも戦慄させた。

怨敵《おんてき》市川三左衛門はその騒ぎの直前、手勢を率いて水戸を脱走し、会津に入って官軍に抵抗していたが、それを知ると金次郎は、天狗党の残党とともに出動して、これを追跡した。

が、戦線錯綜《さくそう》してついに相見《あいまみ》えることができなかったが、この市川三左衛門も剛の者で、会津落城後手勢とともに急遽《きゆうきよ》水戸に馳《は》せ帰り、あわや水戸城を乗っ取ろうとしたが、結局撃退されて、再び逃亡して姿をくらました。

そのあとを追って金次郎もまた水戸に帰還して歯ぎしりしたが、翌明治二年（一八六九）三月、東京に潜伏していた市川が発見され、逮捕されて水戸へ送られて来ると、これを生き晒《ざら》しにしたうえ、逆さ磔《はりつけ》の刑に処した。

その武田金次郎も、その復讐ぶりがあまりに凄惨《せいさん》を極めたので、水戸での評判が悪くなり、やがて水戸から姿を消し、その末路を知る者がないという。

寒風吹きすさぶ曠原《こうげん》の地平線を行軍する天狗党のシルエットは、彼らを横行するに任せた幕府の衰弱を示す象徴として、いまも歴史に名を残す。実際に彼らの攘夷運動は幕府を揺るがし、その倒潰《とうかい》の呼び水となったのである。

が、天狗党はべつに討幕を志したわけではなく、彼らにとっても意外な運命に追い込まれていっただけなのである。

しかもこの悲壮な叙事詩前後の惨劇は、水戸の敵味方トコトンまでの相討ちで人士は根絶やしになるという結果をもたらし、彼らが原動力となって訪れた維新に、廟堂《びょうどう》に連なる水戸人は一人もないという事態を招くに至った。

V

安土城

安土城

平安なる光秀

天正十年(一五八二)初夏、安土《あづち》で明智光秀は、はじめて平安の日々を迎えた。彼は、その四月二十一日、主君の信長とともに甲州陣から凱旋《がいせん》したばかりであった。

彼にとって、ほんとうにそれは生まれてはじめて意識する平安の日といってよかった。ただ自分の軍学を生かす道はないものか、と焦りつつ諸国を漂泊していた牢人《ろうにん》明智十兵衛時代はもとより、その自分を信長が拾ってくれたあとも、それまでにまさる悪戦苦闘の歳月であったから。——

が、いまや最大の敵国であった武田をついに滅ぼした。

むろん、まだ敵はある。北陸道で柴田勝家は上杉謙信の後継者たる景勝《かげかつ》と戦っているし、山陽道で羽柴秀吉は毛利と対陣しているし、信長の三男信雄《のぶかつ》は堺で、近く予想される四国征伐の軍を編制中であるし。――しかし、いずれも、もう直接の危険はない敵ばかりだし、敗れるおそれのない相手ばかりだ。

少なくとも三か月くらいの休養はとれるだろう、と彼は考えていた。

そしてまた主君も同様のご心境だろう、と光秀は推量していた。彼が織田家につかえてから、こんど安土に帰還して以来の信長ほど上機嫌の信長を見たことがない。どんな難関におちいっても颯爽《さっそう》たる英気を失わないお人だが、ここのところ安土城で毎日見る顔は、未来のすべてを見通し、絶対の自信をもった全知全能の超人としかいいようのない光芒《こうぼう》を放っているように見える。

――まさに、天下人《てんかびと》だ。

と、光秀もうなずかないわけにはゆかなかった。

――わしも牢人時代、あちこちで群雄とよばれる人物をいろいろ見たが、あれほどのお人はいない。

この年、光秀は五十五歳、信長は四十九歳であったが、あらゆる物事を二重三重に考え、人物眼にかけてもある自負をもっている光秀が、信長に対しては全幅的な畏敬《いけい》を感じないわけにはゆかなかった。

——そのおかたが、わしをこれほど買ってくれていなさるのだ。

第一番に、という自信はない。柴田勝家・丹羽《にわ》長秀・滝川一益《かずます》・羽柴秀吉・前田利家、その他麾下《きか》の諸将連をことごとくあごで使っている信長だ。功あれば下郎をも天上にひきあげ、功なければ重臣をも下界にたたき落とす、その大原則は、恐ろしいほど明確で、だから家来のだれもが死に物狂いに働くのだが、いっぽうで、たとえ武勲があっても、ちょっとでも得意顔を見せると一撃を食う。また、さしたる武功がなくても、必死懸命のところがあれば存外寛容である。

そこらの信長の反応は端倪《たんげい》を許さず、いままで晴天であったかとみるとたちまち雷雨となる夏の空のようで、じつにこちらも対応に苦しむのだが、しかしなんにしても自分が結果的には信長の信任を失わなかったことはまちがいない。有能な諸将連のなかでも、上位に近い評価をうけていることに自信はある。

それは、こんど安土に来る徳川家康の接待役を自分が命じられたことでも明らかだ。

家康という存在が、光秀には不可解であった。武田に対して、織田より前面の三河（愛知県）を領土としているので、長い間、織田と連合して戦ってきた間柄だが、この年まだ四十一歳。ただその沈毅《ちんき》、光秀の眼にもなかなかの人物に見えるが、一面、地味でひどく冴えない武将だ。信長と正反対である。ところが信長が、この家康をいぶかしいほど大事にした。ほかの人間を人間扱いにしない信長が、どこを見込んだか、その年若のズングリムックリした田舎大将にひどく気を使った。光秀にとって不可解なのは、家康個人よりも、信長の買いっぷりであったといったほうがいい。

それはともかく、その家康が、この五月十五日、はじめて三河から安土にやって来ることになっている。――そして、七日ばかり滞在ののち、京・大坂の見物にまわるという。

家康側からは、宿敵武田を滅亡させたことについての信長への礼の参向だが、じっさい家康も、生まれてはじめての心安らかな遊楽の旅であったろう。信長にしても、この同盟における家康の悪戦苦闘に対して、心からなるねぎらいの意を表するのに懸命であった。

――その饗応《きようおう》役を命じられたのが自分だ。

光秀は、心をつくして屋敷をきれいにした。いそぎの仕事ながら、あちこち改築させした。家康一行の宿泊するのは、彼の屋敷であったからだ。京へ使いを走らせて、饗応の膳や皿・小鉢をあつらえ、それどころか何人かの料理人を呼び寄せた。

四月から五月へ——安土の初夏はうららかであった。琵琶湖を見おろす安土山の上に、舞扇をかさねたような七重の大天守閣に薫風《くんぷう》が吹いていた。それはまさに天下の覇城《はじよう》そのものであった。

信長、過去を忘れず

五月のはじめ、ふと光秀は、家臣でもあり娘婿でもある明智左馬助《さまのすけ》から妙な報告をうけた。佐久間右衛門信盛が、城下のある辻で乞食をしているらしい、というのだ。佐久間右衛門は、かつて大坂石山《いしやま》に拠《よ》る一向宗に対する攻撃の大将をつとめた人間であった。

仏教ぎらい、というより坊主ぎらいの信長にとって、上杉謙信より武田信玄よりも難敵は顕如《けんによ》に率いられる一向宗であった。信長はこれと戦うこと十年、ついに滅ぼすことができず、大坂石山の敵の本拠に対しても、最後の五年間は、ただ付城《つけじろ》——敵の城を攻めるための城——を築いて牽制しているよりほかはなかった。そして二年前の天正八年（一五八〇）、朝廷の仲介で、やっと顕如をそこから退散させることができたのだ。

その付城の大将が、佐久間右衛門であった。そして、一向宗が退却すると、たちまち信長からこの信盛に責任追及の鉄槌がくだされたのだ。五年間、ただ手をこまぬいて無為に過ごした罪に対してである。

信盛はその子とともに高野《こうや》山に追放されたが、信長の怒りはなおとどまらず、高野山からも追い出した。それ以来佐久間父子は、家来たちからも見捨てられ、熊野の果てまで逃げていったという。

光秀が織田家に仕官した当時は、信盛は織田で十指のなかに入る重臣であり、地味な性格だが親切なところもあり、それに理財の才もあるので、それまで貧しい牢人生活をしていた光秀は、いろいろ世話になったこともある。

その佐久間右衛門が、乞食になって安土にいるという。――しかし、まさか、と思う。それに笠で顔を隠しているし、身体つきがあまりに老衰していて別人のようでもあるし、だれも気づいたものはいないようだが、ちょっとご覧になっていただけませぬか？

左馬助にそういわれて、光秀はこれも編笠をかぶってそこへ密行した。

むかし、恩義をうけたからばかりでなく、彼は右衛門にくだされた罰のはなはだしいのを気の毒に思っていた。奇怪にさえ思っていた。いくさにしくじった将官はほかにもうんとあるし、だいいち五年かかっても大坂の一向宗を滅ぼせないなら、他の部将に交替させればいいのである。それをいままで黙認していて、敵が片づいてから厳罰を加えるというのは、あまりに異常ではあるまいか。

それにしても、いったん追放された武将が、乞食になって、また安土に舞いもどって来ているというのはただごとではない。見つかれば無事にすまないことはむろんだ。前に教えられた辻に、いかにも笠をかぶった老人が路傍にすわっているのが見えた。前に、はげた椀がひとつ置いてある。汚ない笠を地面にくっつくほど伏せているので、顔は見えない。ただ痩せた身体の線から老人であるとわかるのである。その笠も身体も、往来をゆきかう人や馬のあげる埃に真っ白であった。

近づいて光秀は呼びかけ、あげた笠の下の顔に、見まちがえたのではないか、と思った。佐久間右衛門は自分と同年配のはずなのに、七十前後の老人と見えたからだ。しかし、すぐに、それはやはり右衛門であると知った。

「お恥ずかしや、日向《ひゅうが》どの。……」

明らかに病んでいる声で、右衛門はいった。

「お見逃しくだされ。知人が懐かしうて……往来を通られる姿でも見とうて、帰って来もうした」

光秀は、佐久間右衛門のその後の哀れな流浪の生活——その子まで餓死に近い死を遂げたことなどを聞いたあと、とにかくかつては織田家のためにひとかたならぬ功労のあった人が、乞食にまでおちぶれるということがあっていいものではない、これから信長さまにおわびして帰参のことを願って進ぜよう、といった。

「やめてくだされ！」

右衛門はさけび出した。

「あれは恐ろしいおん大将でござる！」

光秀は、しばし沈黙していたのち、右衛門に追放の理由を訊いた。大坂石山を攻囲してむなしく五年を費やした罪は知っているが、それのほかになにか罪状があったのか、と尋ねたのである。

「あのときわしは、信長さま御自筆の折檻状《せっかん》をいただいた。それがあまりに恐ろしくて、わたしども父子は、ひとことも弁明のことばさえ失って、足を空に逐電いたした。……」

一向宗の件について「未練疑いなし」と痛罵《つうば》されたことはむろんだが、それ以外に、織田家の軍歴中、諸戦場で彼の犯したしくじりのすべてが羅列され、さらに日常生活の至らなさへの断罪にまで及んだ。「吝嗇《しわ》き貯《たくわ》えばかりを本《もと》とし」「欲深く気汚《むさ》く」

「天下の面目を失い候儀、唐土・高麗《こうらい》・南蛮までもその隠れあるまじき」等の激烈な文言《もんごん》があった。

「わしはまことに至らぬ男でござった。さりながらあのお方は、家来の過去の寸分の過ちもお忘れなさらぬ。二十年、三十年むかしのこともすべてが点鬼簿《てんきぼ》にしるされ、一朝なにかの破綻あれば、いっきょにそれを持ち出されるお方じゃ」

右衛門はふるえながらいい、そして、くぼんだ眼の奥からうつろな眼で、光秀をじっと見た。

「日向どの、いつかは、あなたにも思いあたられようぞ。……」

——光秀は、胸底に冷たい波の立つのをおぼえながら、一語も発しない明智左馬助とともにそこを去った。

信長、一寸の虫も許さず

三日後、光秀は、やはり家来の安田作兵衛からまた、ただならぬことを耳にした。

家老斎藤内蔵助の遠縁のもので、おゆんという女が辻君《つじぎみ》に立っている、というのだ。

「なに、おゆんが？」

光秀は息をのんだ。辻君とは、町に立つ売春婦のことだ。

「まさか？　そりゃ、まことか」

斎藤内蔵助はもと美濃《みの》（岐阜県）の稲葉家の家来であったものが、のちに光秀につかえるにいたったのだが、そのとき一族のものも連れて来た。おゆんはそのひとりの娘で、去年まで安土城に侍女として奉公していた。これがまれな美人で、才女で、家中でも熱いあこがれの眼で見る若侍が多く、かえってそのために、もう二十歳《はたち》になろうとしているのに、まだ未婚であった。しかし光秀も、遠からず、どこか然《しか》るべき男の妻にしようと心がけていた。

ところが、思いがけない異変がおこって、それどころではなくなった。——去年の三月のことだ。

天正九年（一五八一）三月十日、信長は小姓《こしよう》五、六人を連れて、竹生島《ちくぶ》へ参詣した。安土から四〇キロ、羽柴筑前にあたえてある長浜まで馬でゆき、それから湖上二〇キロを舟で竹生島に渡る。片道六〇キロ、往復一二〇キロの行程である。

城につかえる侍女たちは、ふだん信長の許しなくて外出することは禁じられていた。しかし、どう考えても信長がその日に帰城するとは思われない。時は湖南、春たけなわの季節である。

「桑実寺《くわのみでら》にでもお詣《まい》りにゆきませんか」

ひとりの侍女が浮き浮きといい出し、みな賛成し、彼女たちはゾロゾロと城外の寺詣りに浮かれ出た。寺詣りとはいうものの、むろん彼女たちにとってのめずらしいレジャーの機会だ。

ところが信長は、その日のうちに帰って来た。それも、外に出た侍女たちがまだ帰らない時刻に、である。車もない時代としては、じつに超人的な機動力だ。

侍女たちは仰天し、狼狽した。

これに対する信長の処置が凄まじかった。彼は侍女たちを片っぱしから縛りあげ、斬首《ざんしゅ》を命じたのである。急を聞いて、桑実寺の住職がころがり込んで来て、かわりにわびた。「罰するなら、わたしを罰してくれ」といった。すると信長は、そのことばどおりにこの老僧の首をはねた。——ただし、そのあと、残った侍女たちの処刑は許した。

許された女たちのなかに、おゆんがいた。しかも、最初に行楽のことをいい出したのは彼女だったのだ。

それっきり、おゆんの姿は安土城から見えなくなった。

「……おゆんはどこへいったのか」

そのとき、光秀は内蔵助に訊いた。

「存ぜぬ。……どうやら、あれは少々気がふれたようで」

と、憂色をたたえて内蔵助は答えた。誠実な人間であったから、隠しているとはみえなかった。彼はほんとうにおゆんの行方を知らないらしかった。

そのおゆんが、安土の町に現われて、辻君をしているという。——

内蔵助にそのことを申したか、と訊くと、あのお方に告げるのはあまりに恐ろしくて、ともかくも殿に報告したのですが、いかがとりはからいましょう、と、作兵衛はいった。

「よし、わしが見てやろう」

と、光秀はうなずいて、沈痛な顔を編笠に隠して、作兵衛といっしょに出ていった。

この安土の町は、城とともに信長がつくったものだ。彼は、この町に住むものに、税も公役も免じ、安土を通過する旅人のために旅籠《はたご》町をつくった。数年の間に、急速に町が繁栄したことはいうまでもない。

やや人通りのまばらになった夕《ゆうべ》のある辻に、その女は立っていた。

黄昏のなかにも、妖蝶《ようちょう》のような濃い化粧であった。それが、ゆきかう男の袖に白い指をからみつかせている。それも明らかに、正気を失った女の気味わるくゆるみきった顔であった。

光秀は眼を疑い、しかしそれが、まぎれもなくあのおゆんであることを確かめ、暗然として近づいた。

媚笑《びしょう》とともに、なにやら声をかけようとした女は、編笠をあげた光秀を見て飛びずさり、立ちすくんだ。

「斬るなら、お斬りなさい」

ひと息ののち、おゆんはいった。弛緩《しかん》した顔が、磨《と》いだようにひきしまっていた。

「わたしは自分で死ぬより、安土で殺されようと思って帰って来たのです。どんな小さな虫でも、お心に反した虫には罰をくださずにはいられない信長さまだということを、わたしという見本でみなの衆に知ってもらうために。――」

恐ろしい、嗄《か》れた声であった。

「日向守《ひゅうがのかみ》さま、あなたもこのことはよくご承知になってから、さあ、わたしをお斬りなさい！」

そして彼女は、ケラケラ笑いながら、身をすり寄せて来た。

――のちに本能寺で森蘭丸を討った豪傑安田作兵衛も、顔蒼《あお》ざめた。一語も発せず、光秀は背を見せた。

信長、信じるものあるを許さず

また三日後、光秀は、娘のお珠《たま》から切支丹《キリシタン》の神学校《セミナリオ》を見物にゆかないかと誘われた。お珠は十八だが、やはり織田の家臣である丹後（京都府）の細川家へ、もうお嫁にいっていた。こんど父の光秀が甲州（山梨県）から凱旋して来たので、祝いかたがた安土に来ていたのだ。

お珠はのちにガラシャとよばれるようになるが、このころはまだ切支丹ではなかった。しかし、やはりそれにひとかたならぬ関心をもっていた。光秀はさほど興味はなかったが、久しぶりに会った娘の請いにまかせて、いっしょに出かけることにした。家康を迎える準備はすべて完了していたし、また安土の神学校《セミナリオ》は、信長がひどく切支丹をひいきにしている現われで、彼もけっして無視できない存在だったからだ。

ふたりは、青葉にむせ返るような道をのぼっていった。坂になっているが、そこが近道だということを、お珠はもう知っていた。

その途中で彼らは、ひとりの男が、天秤棒《てんびんぼう》で水桶をになってヨロヨロとのぼってゆくのを追いこした。髪は蓬々《ほうほう》とし、下帯に破れ襦袢《じゆばん》という裸に近いひどい姿であった。

しかし光秀の眼がふととまったのは、それよりもその男が、裸足ではなく、足駄《あしだ》をはいていたからだ。その風態で足駄をはいているのも奇妙だが、なによりこの坂道の労働に下駄はかえって不便だろう。しかも、なおよく見ると、その足駄は細い鎖で足の甲に縛りつけられているではないか。数歩通りこしてふり返り、光秀はその男が盲目であることを知った。のみならず、その顔に、どこか記憶があった。

「おぬしは……もしやすると、むかし、法華宗《ほつけしゆう》の――」

「あの、どなたさまでござりましょう？」

「わしは、明智日向じゃが……」

「ああ、明智さま！」

盲目の男は叫んだ。

「お恥ずかしや、仰せのとおり、もと法華の坊主で、日珖《にっこう》と申しまする」

「その日珖が、こんなところで、なにをしておる？」

「切支丹《キリシタン》の学校の下男――いえ、ご覧のように、水汲《く》みをしておりまする、一日に百荷の水を運ぶのが、わたしのつとめでござります」

「いつから、そんなことを？」

「もう五年になりますか」

「五年、毎日、法華の僧が、切支丹のために、一日、百荷の水を——なぜ？」

「信長さまのご命令でござります。従わねば、わたしめのいのちはおろか、御領内の法華は皆殺しにするとの御諚《ごじよう》でござりました」

光秀は、唖然《あぜん》とした。そんな事実があろうとは、いままで知らなかった。

彼は思い出した。

ちょうど十三年まえの永禄十二年（一五六九）のことになる。信長は京都で、伴天連《バテレン》ルイス＝フロイスと、切支丹排撃の大立者、朝山日乗《にちじよう》という法華の僧に神学的論争をやらせた。光秀もその座にあって、論争につまった日乗が伴天連にとびかかろうとして、信長がこれを叱咤《しつた》するのを見た。

日乗のつきそいとしてそばにいた日珖という僧をはっきり記憶していたわけではなかったが、数年たって、こんどはこの安土で、法華宗と浄土宗の宗論が信長の前で行なわれた。そのときも偶然、光秀は同座していたが、その問答の是非はまったくわからなかった。ともあれ、このときの法華側の僧のなかに、この日珖が再登場したので、こんどは、その顔をおぼえたのである。

このときも、いかなる根拠でか、法華側が敗北したと信長が判定し、なお屈せず抵抗する法華宗の何人かを斬首し、何人かを投獄した。天正五年（一五七七）のいわゆる「安土宗論」事件とはこれである。

その日珖という僧は牢に入れられたが、あとで釈放されたものとばかり思っていた。それが、なんと、いまにいたるまで、こんな劫罰《ごうばつ》を下されていようとは。——あのときはむろん両眼はあいていたが、いま見る盲目はその後のこの惨苦のためであろうか。

「この足駄をはいて水を運ぶのがわたしの罰の上の罰で」

と、日珖は吐息のようにいった。

「信長さまの御下知をよいことに、伴天連《バテレン》がつけ加えた知恵でございます」

「しかし、それにしても盲目のうえに、足駄をはいて水を運ばせるとは——」

「いえ、これが、伴天連から見れば、異教徒中の異教徒——法華の坊主への最大の罰なので」

彼は足をあげて前にさし出した。からくも離れた踵《かかと》の下に——足駄の表面に、「南無妙法蓮華経」という文字が焼きつけられているのを見て、光秀はぎょっとした。日珖はこの題目を踏みつけて歩かされていたのだ。

「しかし明智さま。……明智さまはあの二度の宗論の座におわしたからよくご存じでござりましょうが、あの宗論、法華宗は負けたおぼえはござりませぬ。それを理も非もなく負けとなされたのは信長さまのお指図。……信長さまは、信長さま以外に信じるもののある地上の人間を、いっさいお許しになりませぬ。他宗折伏《しゃくぶく》をいのちとする法華は、そのためにいちばん憎まれたのでござります。いまは浮かれている切支丹とて、明日は晴か雨かは知れぬこと――」

日珖は、陰気な、うす気味わるい笑みを浮かべた。

「お珠、きょうは神学校《セミナリオ》にまいるのはよそう」

と、光秀は不意にいった。彼はこの坊主にも神学校にも、吐き気のようなものをおぼえだしていた。

「ああ、これはあらぬことを申しました。それというのも、この五年、人にものをしゃべるのはこれがはじめてだからでござります。それで、ついうかうかと……どうぞお許しなされ、明智さま」

盲目の荷役人は地べたにすわった。せっかくそこまで運んだ桶のひとつがたおれて、水が流れ出した。

おびえて立ちすくんでいるお珠の手をひいて、逃げるように坂道をひき返す光秀の耳に、いま聞いた日珖の声がいつまでもからみついていた。

――信長さまは、信長さま以外に信じるもののある地上の人間を、いっさいお許しになりませぬ……。

安土雨天墨のごとし

五月十四日の昼であった。

明日はいよいよ家康が安土に到着するというので、信長が明智屋敷に視察に来た。その用意はいいかと検分に来たのだが、いかに信長が家康の接待に熱心であったかがわかる。

ところが、門を入っただけで、信長は眉間に針をたてて立ちどまり、

「くさい！」

と、鼻に手をあてた。

五月十四日というと、いまの暦で六月十四日にあたる。前日まで初夏そのもののような爽やかな風の吹く日が多かったのに、この日、不意に暑くなった。真夏のような太陽が照りつけた。

ちょうど明智邸では、信長の検分をうけるために、買い入れたおびただしい生魚その他ご馳走の材料を料理の間に盛大に並べていたのだが、その一部が異様なにおいを

たてはじめていたのだ。それが信長の鋭い嗅覚を刺激したのである。

それでも信長は、いちおう料理を点検したが、不快の表情はさらに険しくなり、

「かようなもの、徳川どのに供せられるものかわ、明智、接待役はとり消しじゃ！」

と、叱りつけて、そのまま屋敷を出ていった。

数刻ののち、家康の宿泊と饗応は堀久太郎《きゅうたろう》秀政に変更されたことが伝えられた。

光秀は茫然として立ちすくんでいたが、さすがにこれを聞いて顔色も変わり、

「この用意したもの、すぐにぜんぶ濠《ほり》に投げ捨てい！」

と、家来たちに叫んだ。

まえまえから心をこめて支度していただけに、この思いがけぬ不運に、老実な彼もわれ知らず逆上したのである。

すると、その夕方、信長がさらに激怒していると伝えられた。濠に投げ込んだものが、さらに腐って、南風がそのにおいを安土城の奥まで吹き送ったというのであった。

――しまった！

光秀は、背が粟立つような気がした。

――これは、このまま無事にはすまぬ。……

十五日、これは運命の日であった。東から家康一行が到着したのは予定どおりだが、

同じ日に、西の備中《びっちゅう》（岡山県）から急便が到来したのだ。ひと月まえから毛利の前哨《ぜんしょう》高松城を攻囲していた羽柴筑前から、毛利の大軍の来援を伝え、至急、信長自身の出馬を請うてきたものであった。

すぐに信長は麾下の諸将に出動を命じ、みずからも月の末には安土を発し、京都を経て西へ向かうことを布告した。諸将は十七日にみな安土を去り、それぞれの領国の城で兵を組んで備中へ進撃するように、ということであった。

この時点で、まだ光秀は、明確にクーデターの意志も計画ももっていなかった。むしろこの突発的な出動騒ぎで、家康接待の失敗を追及されることをいちおうまぬかれた、と、ほっとしたくらいであった。

しかし、そのあとの自分の運命は？

――ちょうど十五日後に、彼は謀叛《むほん》する。それまで、彼は第一の居城近江《おうみ》（滋賀県）坂本に帰り、さらに第二の居城丹波亀山（京都府亀岡市）にゆき、兵を編制した。そして五月二十九日、わずかの侍臣を従えて京の本能寺に入った信長を、六月二日未明襲撃した。

その間、彼がなお迷っていたことを告げるいくつかの挿話がある。

また彼が叛旗《はんき》をひるがえすにいたった原因についてもいろいろな説がたてられたが、

最大なものは、信長がほとんど守護らしい守護兵もなく本能寺にいる、という事実を千載一遇の好機とみた「出来心」であろう。

むろん、矢の弦《つる》を切ったあと、彼は新しい天下人になることについて、さまざまな抱負を述べている。

しかし、その「出来心」をしぼり出した最大のものは、信長に対する恐怖であった。

光秀は安土にいる彼の最後の平安なる二十余日の間に、恐ろしいものを見た。そして、現実に見たものより彼を恐怖させたのは信長であった。

家来のいかなる過去の失敗をも許さぬ信長。それがどんな小さな対象であっても見逃さぬ信長。ひとたびおのれの権威を逆なでするものがあれば、理非を問わずたたきつける信長。——いずれも思いあたる。

——しょせん、あらゆる家来がたすからぬ。

——いつの日か、自分も同じ運命に追い込まれる。

彼は、安土の平安なる日々ののちに、この妄想の風に襲われた。

天正十年五月十七日、安土に、ついに梅雨《つゆ》の走りの雨が来た。その雨にぬれつつ坂本へ去る馬上の光秀の顔には、なお決せず、なお迷いつつ、しかもすでにもののけのような予感にとり憑《つ》かれた男の凄惨な翳《かげ》があった。

編者解説

日下三蔵

本書は山田風太郎の〈未刊行エッセイ集〉シリーズ（全五冊）の第三巻として二〇〇八年九月に刊行されたが、今回ちくま文庫の一冊として改めて独立して刊行されることとなった。「歴史」をテーマにした文章を中心に構成したものである。

山田風太郎のデビュー作は探偵小説専門誌「宝石」の懸賞募集に投じた「達磨峠の事件」（光文社文庫『山田風太郎ミステリー傑作選10　達磨峠の事件』所収）だが、商業誌に発表された第二作「みささぎ盗賊」（徳間文庫『山田風太郎妖異小説コレクション地獄太夫』所収）は早くも時代小説であり、昭和二十年代から現代ものの探偵小説と並行して数多くの時代ものを執筆している。やがて忍法帖の爆発的ブームを経て、明治もの、室町ものと続き、作品のほとんどが時代小説となるから、全作品の三分の二以上が時代ものということになる。

『妖説太閤記』『魔群の通過』といった歴史長篇や一連の明治小説を読めば、その歴史に対する知識の深さは一目瞭然だが、山田風太郎は一見、荒唐無稽に思える忍法帖シリーズにおいても、頑なまでに史実を守ってストーリーを展開しているのだ。幅広く正確な知識と柔軟で独特の発想がひとつになったからこそ、あれだけの面白い物語が次々と生み出されたといえるだろう。

本書に収録したエッセイは、発表時期も媒体もまちまちであるから、内容が重複しているものもあるが、山田風太郎の歴史に対する視点、ひいては現代社会に対する視点を、一貫して感じていただけるものと思っている。

各篇の初出は、以下のとおり。

Ⅰ　美しい町を

春の窓　「読売新聞夕刊」60年3月14日付

無題　「のびゆく三多摩」68年4月号

退屈散歩　「アルク」69年2月号

新地名について　「文芸家協会ニュース」二四二号（71年9月）

いつものコース　「小説新潮」78年10月号
わが町　「東京新聞夕刊」79年10月23日付
壁泉のほとりで　「別冊文藝春秋」81年秋号
美しい町を　「ＰＨＰ」83年6月号
日本の山を移す話　「ビゼル」88年1月号
散歩中　「小説ＮＯＮ」88年2月号
僕の土地論議　「週刊住宅情報」88年4月13日号
夜明け前の散歩　「小説現代」88年10月号
丘の上の桃源境　「ウェルカム・トウ・多摩」91年3月10日付
わが家の桜　「小説現代」93年2月号
千年の都・夢物語　「読売新聞」95年1月5日付（「美しい首都創造のために」改題）

Ⅱ　わが鎖国論

新貨幣意見　「小説宝石」68年11月号
映画「トラ　トラ　トラ」　初出不明　72年1月1日号

ひとつぶのそらまめから　「小説推理」73年6月号
救国三策建白書　「オール讀物」80年1月号
チリコンカーネ　「文藝春秋」80年2月号
巡査の初任給　「週刊朝日」80年7月4日号
政治家の国語力　「日本読書新聞」74年9月16日付
新聞を読まぬ日本人の一大集団　「日本読書新聞」74年9月30日付
政治家の歴史知識　「別冊潮」83年夏号
成長期の影響　「潮」85年1月号
強者が引退する時　「ヨミウリスペシャル16　さらば江川卓」87年12月
残虐の美学　「正論」89年3月号
世界の加賀百万石へ　「サンサーラ」92年2月号
滑稽で懸命で怖ろしい時代　「東京人」92年5月号
Edoは美しかったか　「東京人」93年5月号
わが鎖国論　「日本経済新聞」94年6月19日付

Ⅲ　歴史上の人気者

歴史上の人気者　「オール讀物」81年10月号
善玉・悪玉　「オール讀物」96年8月号
武将の死因　暁教育図書『日本の歴史』74年7月
一休は足利義満の孫だ　「毎日新聞夕刊」92年4月6日付
大楠公とヒトラー　「翼」12号（82年11月）
絶世の大婆娑羅　日本放送出版協会『織田信長　戦国革命児の実像』91年12月
信長は「火」秀吉は「風」　「プレジデント」81年2月号
秀吉はいつ知ったか　「サッポロ」79年4月号
石川五右衛門　「文藝春秋デラックス」75年12月号
敵役・大野九郎兵衛の逆運　「文藝春秋デラックス」74年12月号
秘密を知る男・四方庵宗徧　「文藝春秋デラックス」74年12月号
大石大三郎の不幸な報い　「文藝春秋デラックス」74年12月号
その後の叛将・榎本武揚　旺文社『新分析　現代に生きる戦略・戦術　箱館戦争』84年10月
妖人明石元二郎　「太陽」78年5月号

Ⅳ　今昔はたご探訪

根来寺　「旅」71年11月号
今昔はたご探訪　「太陽」77年12月号
暗愁の山陰　「名所通信「六十余州」4」付録　82年5月
天狗党始末　昭文社『日本歴史展望10』81年12月

Ⅴ　安土城

安土城　小学館『探訪日本の城5　北陸道』78年3月

全体を五部に分けて配列した。第一部「美しい町を」には、都市についてのエッセイを収めた。といっても、住んでいる町について書かれたものが多い。冒頭の「春の窓」のみ、練馬区の大泉に住んでいた頃に発表されたもので、それ以後は、聖蹟桜ヶ丘に終の棲家を構えてからのエッセイとなっている。「無題」の掲載誌「のびゆく三多摩」は「埼玉銀行」のPR誌。「丘の上の桃源境」の掲載紙「ウェルカム・トウ・多摩」は「朝日新聞」の付録である。

第二部「わが鎖国論」は、歴史一般をテーマにしたエッセイのパートである。新聞の切抜きと思しき「映画「トラ　トラ　トラ」」は、著者の作成したスクラップブック「風眼帖」に貼ってあったものだが、メモ書きされている掲載紙名（「〇支」？）が判読できなかった。

第三部「歴史上の人気者」は、実在人物について書かれたエッセイのパートである。他のパートは基本的に初出発表順に配列したが、このパートのみ取り上げられている人物の年代順に並べてある。「大楠公とヒトラー」は牧野良祥編『日本の心　未来へ語りつぐ心に沁みる話』（95年12月、光人社）に再録された際、「吉凶はあざなえる縄のごとし」と改題された。「秀吉はいつ知ったか」は、「歴史と人物」（77年7月号）に発表された「秀吉掌上の花清水宗治」を改題・改稿したものである。

第四部「今昔はたご探訪」には、土地についてのエッセイをまとめてみた。「根来寺」は掲載誌のアンケート「心に残る古寺・秘仏」への回答。「暗愁の山陰」が掲載された「名所通信「六十余州」４」は、読売新聞社『広重「六十余州名所図会」』の付録である。

第五部に収めた「安土城」は、明智光秀が信長に対して叛旗を翻すにいたる心理を、小説仕立てで描いたもの。本来であれば、時代小説の作品集に収録すべきだったかもしれないが、発表された書籍の性格を考えて、本書にボーナス・トラックとして収めることにした。

本書のなかには今日の人権感覚に照らして不適切と思われる語句がありますが、差別を意図して用いているのではなく、また時代背景や作品の価値、作者が故人であることなどを考え、原文通りとしました。

本書は二〇〇八年九月、筑摩書房より刊行された。

戦中派虫けら日記　山田風太郎
〈嘘はつくまい。嘘の日記は無意味である〉。戦時下、明日の希望もなく、心身ともに飢餓状態にあった若き風太郎の心の叫び。（久世光彦）

同日同刻　山田風太郎
太平洋戦争中、人々は何を考えどう行動していたのか。敵味方の指導者、軍人、兵士、民衆の姿を膨大な資料を基に再現。（高井有一）

修羅維新牢　山田風太郎
薩摩兵が暗殺されたら、一人につき、罪なき江戸の旗本十人を斬る！　明治元年、江戸。官軍の復讐の餌食となった侍たちの運命。（中島河太郎）

魔群の通過　山田風太郎
幕末、内戦の末に賊軍の汚名を着せられた水戸天狗党の戦い。その悲劇的顚末を全篇一人称の語りで描いた傑作長篇小説。（中島河太郎）

旅人　国定龍次（上）　山田風太郎
ひょんなことから父親が国定忠治だと知った龍次は、渡世人修行に出る。新門辰五郎、黒駒の勝蔵らに仁義を切るが……。形見の長脇差がキラリとひかる。

旅人　国定龍次（下）　山田風太郎
「ええじゃないか」の歌と共に、相楽総三、西郷隆盛、岩倉具視らの倒幕の戦いは進み、翻弄される龍次。侠客から見た幕末維新の群像。（縄田一男）

山田風太郎明治小説全集（全14巻）　山田風太郎
これは事実なのか？　フィクションか？　歴史上の人物と虚構の人物が明治の東京を舞台に繰り広げる奇想天外な物語。かつ新時代の裏面史。

独特老人　後藤繁雄編著
埴谷雄高、山田風太郎、中村真一郎、淀川長治、水木しげる、吉本隆明、鶴見俊輔……独特の個性を放つ思想家28人の貴重なインタビュー集。

幕末維新のこと　司馬遼太郎　関川夏央編
「幕末」について司馬さんが考えて、書いて、語ったことの真髄を一冊に。小説以外の文章・対談・講演から、激動の時代をとらえた19篇を収録。

明治国家のこと　司馬遼太郎　関川夏央編
司馬さんにとって「明治国家」とは何だったのか。西郷と大久保の対立から日露戦争まで、明治の日本人への愛情と鋭い批評眼が交差する18篇を収録。

江戸へようこそ 杉浦日向子

江戸人と遊ぼう！ 北斎も、源内もみ～んな江戸のワタシラだ。江戸人に共鳴する現代の浮世絵師が、イキイキ語る江戸の楽しみ方。（泉麻人）

カムイ伝講義 田中優子

白土三平の名作漫画『カムイ伝』を通して、江戸の社会構造を新視点で読み解く。現代の階層社会の問題が見えると同時に、エコロジカルな未来も見える。

昭和史探索（全6巻） 半藤一利編著

名著『昭和史』の著者が第一級の史料を厳選、抜粋。時々の情勢や空気を一年ごとに分析し、書き下ろしの解説を付す。《昭和》を深く探る待望のシリーズ。

それからの海舟 半藤一利

江戸城明け渡しの大仕事以後も旧幕臣の生活を支え、徳川家の名誉回復を果たすため新旧相撃つ明治を生き抜いた勝海舟の後半生。（阿川弘之）

徳川家康（上） 山本七平

戦国時代に終止符を打った家康が師と仰いだのは、意外にも「地味な超人」毛利元就だった。「関ヶ原の戦い」までの苦難の軌跡。（二木謙一）

徳川家康（下） 山本七平

家康は野戦指揮官として優れていると同時に巧みな外交手腕と財政感覚も備えていた。天下を統一し「徳川の平和」を築くまで。（二木謙一）

諸葛孔明 植村清二

『三国志』の主人公の一人、諸葛孔明は、今なお「戦略家」「参謀」の典型とされる。希代の人物の卓越した事績を紹介し、その素顔に迫る。（植村鞆音）

戦国美女は幸せだったか 加来耕三

波瀾万丈の動乱時代、女たちは賢く逞しかった。武将の妻から庶民の娘まで。戦国美女たちの素晴らしい生き様が、日本史をつくった。文庫オリジナル。

大江戸観光 杉浦日向子

はとバスにでも乗った気分で江戸旅行に出かけてみましょう。歌舞伎、浮世絵、狐狸妖怪、かげま……。名ガイドがご案内します。（井上章一）

「幕末」に殺された女たち 菊地明

黒船来航で幕を開けた激動の時代に、心ならずも命を落としていった22人の女性たちを通して描く、もうひとつの幕末維新史。文庫オリジナル。

熊を殺すと雨が降る　遠藤ケイ

山で生きるには、自然についての知識を磨き、己れの技量を謙虚に見極めねばならない。山村に暮らす人びとの生業、猟法、川漁を克明に描く。

世界史の誕生　岡田英弘

世界史はモンゴル帝国と共に始まった。東洋史と西洋史の垣根を超えた世界史を可能にした、中央ユーラシアの草原の民の活動。

日本史の誕生　岡田英弘

「倭国」から「日本国」へ。そこには中国大陸の大きな政治のうねりがあった。日本国の成立過程を東洋史の視点から捉え直す刺激的論考。

倭国の時代　岡田英弘

世界史的視点から「魏志倭人伝」や「日本書紀」の成立事情を解明し、卑弥呼の出現、倭国王家の成立、日本国誕生の謎に迫る意欲作。

三題噺　加藤周一

丈山の処世、一休の官能、仲基の知性……著者自らの人生のテーマに深くかかわる三人の人生の断面を見事に描いた意欲的創作集。　（鷲巣力）

よいこの君主論　架神恭介・辰巳一世

戦略論の古典的名著、マキャベリの『君主論』が、小学校のクラス制覇を題材に楽しく学べます。学校、職場、国家の覇権争いに最適のマニュアル。

もしリアルパンクロッカーが仏門に入ったら　架神恭介

パンクロッカーのまなぶは釈迦や空海、日蓮や禅僧たちと殴りあって悟りを目指す。仏教の思想と歴史を笑いと共に理解できる画期的入門書。　（蟬丸P）

戦前の生活　武田知弘

軍国主義、封建的、質素倹約で貧乏だったなんてウソ。意外で驚きなトピックが満載。夢と希望に溢れ、ゴシップに満ちた戦前の日本へようこそ。

生命をめぐる対話　多田富雄

生命の根源に迫る対談集「五木寛之／井上ひさし／日野啓三／橋岡久馬／白洲正子／田原総一朗／養老孟司／中村桂子／畑中正一／青木保／高安秀樹」

国定忠治の時代　高橋敏

忠治が生きた幕末という大きな歴史の転換点を、民衆の読み書き能力や知的ネットワークといった社会史的視点から読み解いた意欲作。　（青木美智男）

源実朝 吉本隆明

実朝とはなにか。詩人であり将軍であるこの複雑な陰影をもった人物を「制度としての実朝」ととらえ、彼の歌を解析する、スリリングな論考。

私の「戦争論」 吉本隆明 田近伸和

「戦争」をどう考えればよいのか？ 不毛な議論に惑わされることなく、「個人」の重要性などを、わかりやすい言葉で説き明かしてくれる。

夏目漱石を読む 吉本隆明

主題を追求する「暗い」漱石と愛される「国民作家」をつなぐ資質の問題とは？ 平明で卓抜な漱石講義十二講。第2回小林秀雄賞受賞。（関川夏央）

読んで、「半七」！ 岡本綺堂 北村薫／宮部みゆき編

半七捕物帳には目がない二人の選んだ傑作23篇を二分冊で。「半七」のおいしいところをぎゅぎゅっと凝縮！ お文の魂／石燈籠／勘平の死／ほか。

南の島に雪が降る 加東大介

招集された俳優加東はニューギニアで死の淵をさまよう兵士たちを鼓舞するための劇団づくりを命じられる。感動の記録文学。（保阪正康・加藤晴之）

名短篇、ここにあり 北村薫 宮部みゆき編

読み巧者の二人の議論沸騰し、選びぬかれたお薦め小説12篇。となりの宇宙人／冷たい仕事／隠し芸の男／少女架刑／あしたの夕刊／網／誤訳ほか。

名短篇、さらにあり 北村薫 宮部みゆき編

小説って、やっぱり面白い。人間の愚かさ、不気味さ、人情が詰まった奇妙な12篇。華燭／骨／雲の小径／押入の中の鏡花先生／不動図／鬼火／家霊ほか。

とっておき名短篇 北村薫 宮部みゆき編

「しかし、よく書いたよね、こんなものを……」北村薫を唸らせた、とっておきの名短篇。愛の暴走族／運命の恋人／絢爛の椅子／悪魔／異形ほか。

名短篇ほりだしもの 北村薫 宮部みゆき編

「過呼吸になりそうなほど怖かった！」宮部みゆきを震わせた、ほりだしものの名短篇。だめに向かって／三人のウルトラマダム／少年／穴の底ほか。

謎の部屋 北村薫編

不可思議な異世界へ誘う作品から本格ミステリまで、「豚の島の女王」「猫じゃ猫じゃ」「小鳥の歌声」など17篇。宮部みゆき氏との対談付。

こわい部屋　北村薫編

思わず叫び出したくなる恐怖から、鳥肌のたつ恐怖まで。「七階」「ナツメグの味」「夏と花火と私の死体」など18篇。宮部みゆき氏との対談付。

読まずにいられぬ名短篇　北村薫・宮部みゆき編

松本清張のミステリを倉本聰が時代劇に⁉　あの作家の知られざる逸品からオチの読めない怪作まで厳選の18作。北村・宮部の解説対談付き。

教えたくなる名短篇　北村薫・宮部みゆき編

宮部みゆきを驚嘆させた、時代に埋もれた名作家・長谷川修の世界とは？　人生の悲喜こもごもが詰まった珠玉の13作。北村・宮部の解説対談付き。

落穂拾い・犬の生活　小山清

明治の匂いの残る浅草に育ち、純粋無比の作品を遺して短い生涯を終えた小山清。いまなお新しい、清らかな祈りのような作品集。（三上延）

小説　永井荷風　小島政二郎

荷風を熱愛し、「十のうち九までは礼讃の誠を連ねた中に、ホンの一つ」批判を加えたことで終生の恨みをかってしまった作家の傑作評伝。（加藤典洋）

リテラリーゴシック・イン・ジャパン　高原英理編

世界の残酷さと人間の暗黒面を不穏に、鮮烈に表現する「文学的ゴシック」。古典的傑作から現在第一線で活躍する作家まで、多彩な顔触れで案内する。

言葉なんかおぼえるんじゃなかった　田村隆一・語り　長薗安浩・文

戦後詩を切り拓き、常に詩の最前線で活躍し続けた伝説の詩人・田村隆一が若者に向けて送る珠玉のメッセージ。代表的な詩25篇も収録。（穂村弘）

中華料理の文化史　張競

フカヒレ、北京ダック等の歴史は意外に浅い。ではそれ以前の中華料理とは？　孔子の食卓から現代まで、風土、異文化交流から描きだす。（佐々木幹郎）

土恋　津村節子

台風被害、不渡り手形など度重なる災難を乗り越え、土作り・蹴りろくろ・薪窯で日用雑器を焼きつづける家族の愛と歴史を鮮やかに描く。（稲葉真弓）

夜露死苦現代詩　都築響一

寝たきり老人の独語、死刑囚の俳句、エロサイトのコピー……誰も文学と思わないのに、一番僕たちをドキドキさせる言葉をめぐる旅。増補版。

君は永遠にそいつらより若い　津村記久子

22歳処女。いや「女の童貞」と呼んでほしい――。日常の底に潜むうっすらとした悪意を独特の筆致で描く。第21回太宰治賞受賞作。（松浦理英子）

アレグリアとは仕事はできない　津村記久子

彼女はどうしようもない性悪だった。すぐ休み単純労働をバカにし男性社員に媚を売る。大型コピー機とミノベとの仁義なき戦い！（千野帽子）

蘆屋家の崩壊　津原泰水

幻想怪奇譚×ミステリ×ユーモアで人気のシリーズ、新作を加えて再文庫化。猿渡と怪奇小説家の伯爵、二人の行く手には怪異が――。（川崎賢子）

ピカルディの薔薇　津原泰水

人気シリーズ第二弾、初の文庫化。作家となった猿渡は今日も怪異に遭遇する。五感を失った人形師、過去へと誘うウクレレの音色――。（土屋敦）

60年代日本ＳＦベスト集成　筒井康隆編

「日本ＳＦ初期傑作集」とでも副題をつけるべき作品集である（編者）。二十世紀日本文学のひとつの里程標となる歴史的アンソロジー。（大森望）

異形の白昼　筒井康隆編

様々な種類の「恐怖」を小説ならではの技巧で追求した戦慄すべき名篇たちを収める。わが国のアンソロジー文学史に画期をなす一冊。（東雅夫）

70年代日本ＳＦベスト集成1　筒井康隆編

日本ＳＦの黄金期の傑作を、同時代にセレクトした記念碑的アンソロジー。ＳＦに留まらず「文学の新しい可能性」を切り開いた作品群。（荒巻義雄）

70年代日本ＳＦベスト集成2　筒井康隆編

星新一、小松左京の巨匠から、編者の「おれに関する噂」、松本零士のセクシー美女登場作まで、長篇なみの濃さをもった傑作群が並ぶ。（山田正紀）

70年代日本ＳＦベスト集成3　筒井康隆編

「日本ＳＦの滲透と拡散が始まった年」である1973年の傑作群。デビュー間もない諸星大二郎の「不安の立像」など名品が並ぶ。（佐々木敦）

70年代日本ＳＦベスト集成4　筒井康隆編

「1970年代の日本ＳＦ史としての意味も持たせたいというのが編者の念願である」――同人誌投稿作から巨匠までを揃えるシリーズ第4弾。（堀晃）

秀吉《ひでよし》はいつ知《し》ったか

二〇一五年九月　十　日　第一刷発行
二〇一五年十月二十五日　第二刷発行

著　者　山田風太郎（やまだ・ふうたろう）
発行者　山野浩一
発行所　株式会社　筑摩書房
東京都台東区蔵前二―五―三　〒一一一―八七五五
振替〇〇一六〇―八―四一二三
装幀者　安野光雅
印刷所　株式会社精興社
製本所　株式会社積信堂

乱丁・落丁本の場合は、左記宛にご送付下さい。
送料小社負担でお取り替えいたします。
ご注文・お問い合わせも左記へお願いします。
筑摩書房サービスセンター
埼玉県さいたま市北区櫛引町二―六〇四　〒三三一―八五〇七
電話番号　〇四八―六五一―〇〇五三

ISBN978-4-480-43303-9 C0195

ちくま文庫